JN167628

霧島くんは普通じゃない

～ヴァンパイア王子に狙われて!? 恐怖のニューイヤー！～

麻井深雪・作
ミユキルリア・絵

集英社みらい文庫

目次《もくじ》

Contents

「ヴァンパイアと人間《にんげん》が仲良《なかよ》くできる世界《せかい》をつくりたい」
美羽《みう》はそんな理想《りそう》を語《かた》る不思議《ふしぎ》な女《おんな》の子《こ》だった。
おれが連《つ》れさろうとしたりひどいことをしたりしても、
変《か》わらずに思《おも》いやりを向《む》けてくる。

それが嫌悪《けんお》じゃなくて、
くすぐったい気持《きも》ちに変《か》わったのは、いつからだったろう。

こんな出会《であ》いじゃなく普通《ふつう》に出会《であ》っていたのなら、
もう少《すこ》しやさしくしてやりたかったのに。

でも今《いま》のおれはただの——、
美羽《みう》とはちがう道《みち》をいく、ただの敵《てき》のヴァンパイアだ。

登《とう》場《じょう》人《じん》物《ぶつ》紹《しょう》介《かい》
Characters

アモル
謎《なぞ》の黒《くろ》いミンク。
ヴァンパイアの使《つか》い魔《ま》。

日向美羽《ひなたみう》
中《ちゅう》1の普通《ふつう》の女《おんな》の子《こ》。
血《ち》が甘《あま》いらしい!?

如月《きさらぎ》ユノ
中《ちゅう》1。SNS《エスエヌエス》で話題《わだい》の
超美少女《ちょうびしょうじょ》。セイたち
のおさななじみ♥

Kou
Ren
Sei
霧島《きりしま》 昂《こう》
中《ちゅう》3。セイの美形《びけい》のお
兄《にい》ちゃん。女《おんな》の子《こ》をモ
ノとしか思《おも》ってない？
霧島《きりしま》 蓮《れん》
中《ちゅう》2。セイの二番目《ばんめ》のお
兄《にい》ちゃん。女《おんな》の子《こ》みたい
にきれいだけどこわい!?
霧島《きりしま》 星《せい》
中《ちゅう》1。超《ちょう》イケメンの転校生《てんこうせい》。
どこか普通《ふつう》じゃない!?
Noel
Isle
Kaito
Kira
ノエル
ヴァンパイアの
双子《ふたご》。絵《え》が上手《じょうず》。
アイル
ノエルの双子《ふたご》の兄《きょう》
弟《だい》。かわいいけど、
実《じつ》はイジワル!?
キラ
神出鬼没《しんしゅつきぼつ》なヴァン
パイアの王子様《おうじさま》。
カイト
残忍《ざんにん》でひきょうな
キラの手下《てした》。
Mea
Rion
Teo
メア
カイトの妹分《いもうとぶん》のヴァンパイ
ア。カイトのことが好《す》き？
リオン
上級貴族《じょうきゅうきぞく》の
ヴァンパイア。
テオ
リオンのいとこ。
爪《つめ》が凶器《きょうき》に。
©那流

あらすじ
Story

転《てん》校《こう》生《せい》は超《ちょう》イケメンのヴァンパイア!?

わたし、**日向美羽**《ひなたみう》。中《ちゅう》1だよ。
季《き》節《せつ》外《はず》れの**転《てん》校《こう》生《せい》**のセイくんは
すごくイケメンだけど、**普《ふ》通《つう》じゃない**。

まさか**ヴァンパイア**？
おまけに、彼《かれ》には
こわ〜い美形《びけい》の**お兄**《にい》**ちゃん**が
ふたりもいて…!?

わたしはヴァンパイアが
追《お》い求《もと》める
【特別《とくべつ》な血《ち》】なの!?
冬休《ふゆやす》み、わたしは
キラくんのお兄《にい》さん・ハイドくんに
魔界《まかい》にさらわれて!?
わたしを追《お》って
カイトくんも魔界《まかい》へ、
ハイドくんとバトルに!
ケガをしたカイトくんが、
わ、わたしの血《ち》を…!??
ウソでしょ!?
ヴァンパイアと大《だい》ピンチのニューイヤー!!?
つづきは、
小説《しょうせつ》を読《よ》んでね♪

1 冬休《ふゆやす》みの補習《ほしゅう》

楽《たの》しかったクリスマスが終《お》わると、今年《ことし》も終《お》わりが近《ちか》いなあって思《おも》う。

わたし、日向美羽《ひなたみう》。十二歳《さい》。

聖《せい》セレナイト学園《がくえん》に通《かよ》う、中学《ちゅうがく》一年生《ねんせい》だよ。

肩《かた》までのセミロングの黒髪《くろかみ》と、黒《くろ》い瞳《ひとみ》のごく普通《ふつう》の女《おんな》の子《こ》。

そう信《しん》じて生《い》きてきたんだけど、最近《さいきん》わたしのまわりでは、普通《ふつう》じゃないことがいっぱい起《お》こってる。

きっかけは半年前《はんとしまえ》、同《おな》じクラスに転校《てんこう》してきたとなりの席《せき》の男《おとこ》の子《こ》だった。

彼《かれ》の名前《なまえ》は霧島星《きりしませい》くん。

スラッとした長身《ちょうしん》で、芸能人《げいのうじん》みたいにととのった顔《かお》だちなんだよ。

意志《いし》の強《つよ》そうなきりっとした瞳《ひとみ》が印象的《いんしょうてき》で、学校《がっこう》ではあまり笑《わら》わないけれど、笑顔《えがお》がとってもすてきなんだ。

実《じつ》は霧島《きりしま》くんはヴァンパイアと人間《にんげん》のハーフなの！

みんなにはないしょだよ。

霧島《きりしま》くんと知《し》りあってから、わたしの心《こころ》はジェットコースターに乗《の》ってるみたいにいそがしくなったんだ。

ふるえるくらいこわい思《おも》いをすることもあるけれど、ドキドキしたりワクワクしたり、知《し》らなかった感情《かんじょう》をたくさん知《し》ったの。

好奇心《こうきしん》が強《つよ》いわたしは、知《し》らない世界《せかい》をのぞいてしまったら、もう後戻《あともど》りなんてできなかったんだ。


冬休《ふゆやす》みの補習《ほしゅう》に出《で》ていたわたしは、霧島《きりしま》三兄弟《きょうだい》と親友《しんゆう》の如月《きさらぎ》ユノちゃんと、霧島《きりしま》くんの家《いえ》に向《む》かって歩《ある》いていた。

「補習《ほしゅう》も終《お》わったし、あとは冬休《ふゆやす》みの宿題《しゅくだい》を終《お》わらせるだけだね」

わたしが話《はな》しかけると、霧島《きりしま》くんは不満《ふまん》そうに言《い》った。

「冬休《ふゆやす》みって短《みじか》いのに、宿題《しゅくだい》はちゃんと出《で》るんだな」

霧島《きりしま》くんは学年《がくねん》トップの成績《せいせき》をとっちゃうくらい頭《あたま》がいいんだけれど、勉強《べんきょう》はあまり好《す》きじゃないのかな。

「ユノわかんないよー。みんなでやろうね。いっしょに住《す》んでてよかった！」

宿題《しゅくだい》をはじめる前《まえ》からそんなことを言《い》っているのは、ユノちゃんだ。

ユノちゃんもヴァンパイアで、おさななじみの霧島《きりしま》くんのことが大好《だいす》きすぎて、人間界《にんげんかい》まで追《お》いかけて聖《せい》セレナイト学園《がくえん》に転校《てんこう》してきちゃったんだ！

ユノちゃんは、霧島家《きりしまけ》に同居《どうきょ》してるの。

……実《じつ》は、わたしも。

そう、おそれおおいことに、わたしは学年《がくねん》で一番人気《いちばんにんき》の霧島《きりしま》くんと、いっしょの家《いえ》で暮《く》らしているんだ！

もちろん、これもみんなにはひみつ。

わたしをねらうヴァンパイアがあらわれたことがきっかけで、霧島《きりしま》くんのお父《とう》さんがわたしを守《まも》るために家《いえ》に住《す》まわせてくれているんだ。

「そういえば親父《おやじ》が通知表見《つうちひょうみ》せろって言《い》ってたけど、おれ学校《がっこう》に置《お》いて帰《かえ》ってたわ」

前《まえ》を歩《ある》いていた霧島昂先輩《きりしまこうせんぱい》が、カバンから出《だ》した通知表《つうちひょう》を指《ゆび》ではさんで見《み》せた。

霧島《きりしま》くんは年子《としご》の三人兄弟《にんきょうだい》で、お兄《にい》さんが二人《ふたり》いるんだ。

コウ先輩《せんぱい》は霧島《きりしま》くんの一番上《いちばんうえ》のお兄《にい》さんだよ。

中等部《ちゅうとうぶ》の三年生《ねんせい》で、雰囲気《ふんいき》も大人《おとな》っぽい。

霧島《きりしま》くんよりも背《せ》が高《たか》くて、長《なが》い手足《てあし》がモデルさんみたいなの。

少《すこ》しタレ目《め》で目元《めもと》にホクロがある甘《あま》い顔《かお》だちで、サッカーがすごく上手《じょうず》。

愛想《あいそ》がよくてだれとでも仲良《なかよ》くするから、学園《がくえん》の女子生徒《じょしせいと》に人気《にんき》があるんだ。

お兄《にい》さん二人《ふたり》は霧島《きりしま》くんとはお母《かあ》さんがちがって、純血《じゅんけつ》のヴァンパイアなんだよ。

「ヴァンパイアの世界《せかい》には、通知表《つうちひょう》ってないんですか？」

わたしは不思議《ふしぎ》に思《おも》って聞《き》いてみた。

霧島《きりしま》くんたちは、魔界《まかい》にあるヴァンパイア王立学園《おうりつがくえん》に通《かよ》っていたはずだから。

「通知表《つうちひょう》というものはなかったな。ヴァンパイア王立学園《おうりつがくえん》は上級貴族《じょうきゅうきぞく》、中級貴族《ちゅうきゅうきぞく》、それから人間《にんげん》と結婚《けっこん》してけむたがられている霧島家《きりしまけ》のようなあまりものクラスでわけられ、優秀《ゆうしゅう》な成績《せいせき》をおさめても上《うえ》のクラスにはあがれない仕組《しく》みだ」

わたしの質問《しつもん》に答《こた》えてくれたのは、次男《じなん》の霧島蓮《きりしまれん》先輩《せんぱい》だった。

「え……」

レン先輩《せんぱい》は中等部《ちゅうとうぶ》の二年生《ねんせい》。陶器《とうき》のようにまっ白《しろ》な肌《はだ》と切《き》れ長《なが》の瞳《ひとみ》がとくちょうの美《うつく》しいって言葉《ことば》がピッタリの顔《かお》だち。

性格《せいかく》はクールでめったに笑《わら》わないから、学園《がくえん》では氷《こおり》の王子様《おうじさま》なんて呼《よ》ばれてるんだ。

霧島《きりしま》くんの家《いえ》は貴族《きぞく》だけれど、霧島《きりしま》くんのお父《とう》さんが人間《にんげん》の女性《じょせい》と結婚《けっこん》したことがスキャンダルになって、家柄《いえがら》までもバカにされるようになっちゃったらしい。

(そんなのって、ひどい！)

ヴァンパイアの世界《せかい》の規律《きりつ》はよくわからない。

だけど家柄《いえがら》とか身分《みぶん》とかそういうの関係《かんけい》なく、みんなが仲良《なかよ》くできればいいのにって思《おも》う。ヴァンパイアだけじゃなく人間《にんげん》とも、生《い》きる世界《せかい》がちがっても仲良《なかよ》くなれればいいって、わたしはそう思《おも》うんだ。

「子猫《こねこ》ちゃんが気《き》にすることじゃないよ。貴族《きぞく》がどうとか言《い》ったって、おれがヴァンパイアの王《おう》になれば、そんなのぜんぶひっくりかえせるじゃん」

わたしの表情《ひょうじょう》がくもったからか、コウ先輩《せんぱい》は明《あか》るく笑《わら》ってそう言《い》った。

だけどわたしの心《こころ》は逆《ぎゃく》に重《おも》たくなっちゃった。

ヴァンパイアの王《おう》になるには【特別な血《とくべつなち》】が必要《ひつよう》で、それを使《つか》った儀式《ぎしき》さえおこなえば王族《おうぞく》じゃなくても王《おう》になれるらしいんだ。

ヴァンパイアの王《おう》になるのは、コウ先輩《せんぱい》の子《こ》どものころからの夢《ゆめ》なんだって。

（その【特別な血《とくべつなち》】の持《も》ち主《ぬし》がわたしなんじゃないかって、みんなはそう思《おも》ってるんだよね……）

コウ先輩《せんぱい》もレン先輩《せんぱい》も最初《さいしょ》はわたしの血《ち》を飲《の》もうとしたけれど、今《いま》では霧島《きりしま》くんのお父《とう》さんの言《い》いつけでわたしのことを守《まも》ってくれている。

わたしの血《ち》って、普通《ふつう》の人《ひと》よりも甘《あま》くておいしいんだって。

においも甘《あま》いらしい。

そしてわたしにはなぜか、ヴァンパイアならだれでも使《つか》える魅了《テンプ》っていう催眠術《さいみんじゅつ》のような能力《のうりょく》が効《き》かないの。

だからわたしが【特別な血《とくべつなち》】なんじゃないかって、疑《うたが》われはじめたんだ。

王族《おうぞく》も【特別な血《とくべつなち》】のことを王冠《ティアラ》って呼《よ》んでみんなもとめてる。

——王《おう》の座《ざ》につくために。

【特別な血《とくべつなち》】を持《も》った人間《にんげん》は、たくさんのヴァンパイアからねらわれることになっちゃうんだ。

最初《さいしょ》はわたしが【特別な血《とくべつなち》】なんかのはずないって、そう思《おも》ってた。

だけどわたしの血《ち》を飲《の》んだ霧島《きりしま》くんが、すごく強《つよ》い能力《のうりょく》を発揮《はっき》できるようになって、わたしはだんだんそれが自分《じぶん》の血《ち》のせいなのかもって思《おも》うようになったんだ。

わたしがティアラだなんて、そんなの現実《げんじつ》だとしたらゾッとする。

血《ち》を使《つか》った儀式《ぎしき》なんてこわすぎるし、なにより自分《じぶん》の血《ち》をぜんぶ飲《の》まれて、ころされちゃうかもしれない！

「コウみたいに浅《あさ》はかなやつがヴァンパイアの王《おう》になったら、国《くに》の行《ゆ》く末《すえ》が心配《しんぱい》だ」

レン先輩《せんぱい》がそう言《い》って眉《まゆ》をひそめると、コウ先輩《せんぱい》のほおがピクッとひきつる。

霧島《きりしま》三兄弟《きょうだい》は本当《ほんとう》に仲《なか》が悪《わる》い……、わけじゃないんだろうけど、すぐにケンカがはじまっちゃうの。

「は？　それどういう意味《いみ》だよ」

「そのまんまの意味《いみ》だ」

レン先輩《せんぱい》はコウ先輩《せんぱい》の手《て》からスッと通知表《つうちひょう》をとって広《ひろ》げると、顔《かお》をしかめて言《い》った。

「定期《ていき》テストで学年《がくねん》トップをとったのに、どうしてこんなに評価《ひょうか》が悪《わる》いんだ」

(三人《にん》とも学年《がくねん》トップをとっていたけれど、どういうことだろう？)

好奇心《こうきしん》をおさえられなくて、つい通知表《つうちひょう》をのぞいちゃった！

5段階評価《だんかいひょうか》なのに、コウ先輩《せんぱい》の評価《ひょうか》は4ばかり。

5がついているのは体育《たいいく》だけだった。

「あれ？　おれ成績《せいせき》が悪《わる》いの？」

コウ先輩《せんぱい》自身《じしん》も首《くび》をかしげている。

備考欄《びこうらん》を読《よ》んだレン先輩《せんぱい》が、こめかみを押《お》さえて言《い》った。

「課題未提出《かだいみていしゅつ》、授業欠席《じゅぎょうけっせき》、遅刻《ちこく》。……父《とう》さんがこれを見《み》たらなんて言《い》うか」

「うわ、見《み》せるのやめよ。返《かえ》せよ」

「ダメだ。ちゃんと見《み》せてしかられろ」

コウ先輩《せんぱい》とレン先輩《せんぱい》は通知表《つうちひょう》をうばいあってる。

「もー、コウもレンもまたケンカ？　まあ、ユノもママには通知表見《つうちひょうみ》せられないから、パパにしか見《み》せてないけどね。うちのママって、すっごくこわいから」

ユノちゃんがこっそり耳打《みみう》ちして教《おし》えてくれた。

わたしは、ユノちゃんとそっくりで、まるで女優《じょゆう》さんのようにきれいなユノちゃんのママの顔《かお》を思《おも》いだした。

ユノちゃんのママは美人《びじん》だけど性格《せいかく》がキツいから、ハッキリいってこわい印象《いんしょう》しかない。

ユノちゃんのパパもおこるとすごくこわいけど、娘《むすめ》のユノちゃんには甘《あま》いんだ。

「霧島《きりしま》くんは通知表《つうちひょう》をお父《とう》さんに見《み》せた？」

「見《み》せたよ。おれは授業《じゅぎょう》サボってないからな」

「……寝《ね》てるときはあるけど」

少《すこ》し得意《とくい》げだった霧島《きりしま》くんはわたしのつっこみに、うっとつまったような表情《ひょうじょう》になった。

真面目《まじめ》に授業《じゅぎょう》に出《で》ているけれど、霧島《きりしま》くんがちょくちょく居眠《いねむ》りしてるの、わたしはとなりの席《せき》だから知《し》ってるんだ。

そのとき足元《あしもと》からヒュウッとつむじ風《かぜ》が巻《ま》きおこって、レン先輩《せんぱい》が持《も》っていた通知表《つうちひょう》が風《かぜ》にさらわれた。

(このつむじ風《かぜ》はもしかして……！)

ヴァンパイアにはそれぞれ、ちがった特殊能力《とくしゅのうりょく》があるんだ。

たとえばコウ先輩《せんぱい》は炎《ほのお》を出《だ》せるし、レン先輩《せんぱい》は水《みず》を凍《こお》らせることができる。

霧島《きりしま》くんはハーフだからか、ふだんは特殊能力《とくしゅのうりょく》を使《つか》うことができないんだけれど。

そしてこのつむじ風《かぜ》をあやつる能力《のうりょく》の持《も》ち主《ぬし》に、わたしたちは心当《こころあ》たりがあった。

コウ先輩《せんぱい》の通知表《つうちひょう》は風《かぜ》に乗《の》って舞《ま》うと、わたしたちの後方《こうほう》へ飛《と》んでいく。

それを目《め》で追《お》って振《ふ》りかえると、そこには予想《よそう》どおりカイトくんのすがたがあった。

2 初《はじ》めての焼《や》きいも

「コウがヴァンパイアの王《おう》になんかなれるわけないだろ。王子《おうじ》のキラくんこそが王《おう》にふさわしいんだよ」

そう言《い》ったこの男《おとこ》の子《こ》は風間《かざま》カイトくん。

中等部《ちゅうとうぶ》三年生《ねんせい》でコウ先輩《せんぱい》と同《おな》じクラスだよ。

そしてカイトくんも、ヴァンパイアなんだ！

鼻筋《はなすじ》の通《とお》ったきれいな顔《かお》をしているけれど、シュッと筆《ふで》ではらったような切《き》れ長《なが》の目《め》は長《なが》い前髪《まえがみ》にかくれて、片方《かたほう》しか見《み》えない。

学園《がくえん》に転校《てんこう》してくる前《まえ》は、長身《ちょうしん》で折《お》れそうなくらい細《ほそ》いからだを黒《くろ》ずくめの服《ふく》で包《つつ》んでいて、見《み》るからにこわい印象《いんしょう》だった。

カイトくんは、能力《のうりょく》でつむじ風《かぜ》を発生《はっせい》させることができるの！

ヴァンパイアは能力《のうりょく》を使《つか》うとき、瞳《ひとみ》の色《いろ》が変《か》わるんだ。

その色《いろ》はみんなちがうんだけれど、カイトくんは鳶色《とびいろ》になる。

その瞳《ひとみ》はほの暗《ぐら》い光《ひかり》を宿《やど》していて、彼《かれ》の印象《いんしょう》をよりこわく見《み》せている。

こわかっこいいとか言《い》われて、聖《せい》セレナイト学園《がくえん》のダークイケメンなんて呼《よ》ばれているんだ。

陽《よう》キャで王子様《おうじさま》あつかいされているコウ先輩《せんぱい》と、人気《にんき》を二分《にぶん》してるらしい。

カイトくんはヴァンパイアの国《くに》の王子様《おうじさま》であるキラくんといっしょに、わたしの前《まえ》にあらわれたの。

キラくんは能力《のうりょく》も強《つよ》くて、次《つぎ》の王様候補《おうさまこうほ》って言《い》われてる。

カイトくんはそのキラくんの手下《てした》なんだ。

つまりカイトくんもわたしをねらうヴァンパイアのひとりなんだ。

カイトくんはわたしをさらってキラくんに差《さ》しだすために、同《おな》じ学園《がくえん》に通《かよ》いはじめたの。

今《いま》はみんなの前《まえ》でわたしになにかしてこようとはしないけど、そのための機会《きかい》をうかがってるのかもしれないし、油断《ゆだん》はできない。

「なに言《い》ってんだカイトテメー。おまえこそどんな成績《せいせき》とったんだよ！」

コウ先輩《せんぱい》がカイトくんの手《て》からひったくるように通知表《つうちひょう》をとりかえすと、カイトくんはムッとした表情《ひょうじょう》になった。

コウ先輩《せんぱい》とカイトくんはヴァンパイア王立学園《おうりつがくえん》でも同級生《どうきゅうせい》だったことがあるらしく、ライバルでとっても仲《なか》が悪《わる》いんだ。

カイトくんはフッと鼻《はな》で笑《わら》うと、自慢《じまん》げに胸《むね》を張《は》った。

「ふん、おれはスラム街《がい》の天才児《てんさいじ》だって言《い》われてたんだぞ。ヴァンパイア王立学園《おうりつがくえん》では、貴族《きぞく》のやつらにも負《ま》けてなかった」

そういえばカイトくんはヴァンパイアのスラム街出身《がいしゅっしん》で、優秀《ゆうしゅう》だからヴァンパイア王立《おうりつ》学園《がくえん》に通《かよ》えてるんだって聞《き》いたことがあった。

(カイトくん、態度《たいど》は不良《ふりょう》っぽいけど、ちゃんと成績《せいせき》はいいんだ)

「みんなすごいなあ……」

わたしが感心《かんしん》してそうもらすと、ユノちゃんはわたしの成績《せいせき》が悪《わる》かったからだと思《おも》ったのか、元気《げんき》づけるように言《い》った。

「え？　美羽《みう》ちゃん、勉強《べんきょう》なんてできなくてもいいんだよ。ユノはかわいさ最強《さいきょう》だから、もっとかわいさをみがくんだ！　美羽《みう》ちゃんはやさしいから、充分《じゅうぶん》すてきだよ！」

ユノちゃんもヴァンパイアだけれど、人間《にんげん》の世界《せかい》では、アイミィっていう動画《どうが》や写真《しゃしん》を投稿《とうこう》できるＳＮＳ《エスエヌエス》で、絶大《ぜつだい》な人気《にんき》を誇《ほこ》るインフルエンサーだよ。

ふわふわの長《なが》い髪《かみ》は腰《こし》まであり、肌《はだ》もすべすべできれい。

顔《かお》だちはパッチリした瞳《ひとみ》が長《なが》いまつげでふちどられて、お人形《にんぎょう》さんみたいにととのっている。

手足《てあし》も長《なが》くて、女《おんな》の子《こ》ならみんなあこがれちゃうようなスタイルをしてるんだ。

雑誌《ざっし》やテレビのＣＭ《シーエム》にも出《で》ちゃうくらいの人気者《にんきもの》だよ。

ヴァンパイアならだれでも使《つか》える魅了《テンプ》っていう催眠術《さいみんじゅつ》のような能力《のうりょく》が、ユノちゃんはとっても強《つよ》いんだ。

だけど闘《たたか》うための能力《のうりょく》が強《つよ》くないから、ヴァンパイアにはバカにされていたんだって。

そんなユノちゃんをたしなめるように、霧島《きりしま》くんが言《い》った。

「ユノ、最低限《さいていげん》の勉強《べんきょう》はしないと、親《おや》に連絡《れんらく》がいくらしいぞ」

「うっ、ママに連絡《れんらく》がいっちゃうのはヤダ。ただでさえママはユノがこっちにいること反《はん》対《たい》してるんだから」

ユノちゃんのママは、ユノちゃんに魔界《まかい》に戻《もど》ってヴァンパイアの貴族《きぞく》の男《おとこ》の子《こ》のリオンくんと婚約《こんやく》してほしいと思《おも》ってるんだ。

今《いま》は人間《にんげん》の世界《せかい》でがんばりたいって言《い》うユノちゃんの意志《いし》を尊重《そんちょう》して、こっちに残《のこ》ることを許《ゆる》してくれているけれど、魔界《まかい》に連《つ》れもどすことをあきらめたわけじゃないんだ。

「とりあえず、冬休《ふゆやす》みの宿題《しゅくだい》をちゃんとやろうよ。そしたらきっと大丈夫《だいじょうぶ》だよ」

わたしがはげますようにそう言《い》うと、ユノちゃんもしぶしぶといった感《かん》じでうなずいた。

「カイト。もしかしてキラの兄妹《きょうだい》も、ティアラをねらってるのか？」

ふいにレン先輩《せんぱい》がカイトくんに話《はな》しかけたから、わたしはドキッとした。

（レン先輩《せんぱい》からカイトくんに話《はな》しかけるなんてめずらしいな）

「急《きゅう》になんだよ」

カイトくんも同《おな》じように感《かん》じたのか、警戒《けいかい》した表情《ひょうじょう》をしている。

レン先輩《せんぱい》は真剣《しんけん》な顔《かお》で答《こた》えた。

「クリスマスに魔界《まかい》の黒《くろ》ミサで、キラの兄妹《きょうだい》と会《あ》った。キラは兄妹仲《きょうだいなか》がかなり悪《わる》いようだな？」

「えっ……」

思《おも》わず声《こえ》が出《で》ちゃった。

だってそれはわたしの知《し》らない情報《じょうほう》だったから。

（レン先輩《せんぱい》、キラくんの兄妹《きょうだい》に会《あ》ったんだ！）

カイトくんはいやそうな顔《かお》をして答《こた》えた。

「そりゃ悪《わる》いだろ。王族《おうぞく》の兄妹《きょうだい》なんて王《おう》の座《ざ》をねらうライバルなうえに、キラくんは異例《いれい》の強《つよ》さで次《つぎ》の王《おう》まちがいなしって言《い》われてるしな。長男《ちょうなん》のハイドにとって、キラくんはそうとう目《め》ざわりな存在《そんざい》だろうな」

カイトくんの言葉《ことば》に、レン先輩《せんぱい》もうなずいた。

「ハイドとキラは黒《くろ》ミサでもめていた。クリスマスでヴァンパイアの魔力《まりょく》が失《うしな》われていたから、ハイドの強《つよ》さはわからなかったが、なぜかキラは魔力《まりょく》を失《うしな》っていなかった」

「へえ。キラくんが？　それは見《み》たかったな。けどそれならハイドはますますキラくんを排除《はいじょ》しようとするだろうな。ティアラの情報《じょうほう》もさぐってるかもしれねーな」

カイトくんが言《い》った言葉《ことば》はどこまで本気《ほんき》かわからないけれど、わたしを不安《ふあん》にさせるには充分《じゅうぶん》だった。

「マジかよ。ハイドってあの金色長髪野郎《きんいろちょうはつやろう》だろ。美羽《みう》のことねらってるかもしれねえの？」

コウ先輩《せんぱい》も表情《ひょうじょう》をけわしくしてそう言《い》った。

「そりゃ美羽《みう》の存在《そんざい》に気《き》づいたら、そうなるんじゃねえ？」

カイトくんはうっとうしそうにコウ先輩《せんぱい》をあしらってる。

わたしは見《み》たこともないキラくんのお兄《にい》さんを想像《そうぞう》して、こわくなった。

（また知《し》らないヴァンパイアに、ねらわれるかもしれないってこと……？）

すると、わたしの不安《ふあん》に気《き》づいたように、霧島《きりしま》くんが言《い》った。

「日向《ひなた》、ペンダントは？」

「ある。あ、あるよ……」

わたしはふるえる声《こえ》をおさえて、首《くび》にかけたペンダントを制服《せいふく》の上《うえ》からギュッとにぎった。

それは霧島《きりしま》くんのお父《とう》さんがわたしと霧島《きりしま》くんにって渡《わた》してくれた、夜空《よぞら》の藍色《あいいろ》をした石《いし》がついている不思議《ふしぎ》なペンダントだ。

おそろいのペンダントはペアになっていて、どちらかに危険《きけん》が近《ちか》づくと色《いろ》がにごって、重《おも》たくなるんだ。

そして魔界《まかい》では、ペンダントに光《ひかり》がさしてわたしの居場所《いばしょ》を霧島《きりしま》くんに教《おし》えてくれたこともある。

「日向《ひなた》に危険《きけん》がせまればわかるから、ペンダントちゃんとつけてろよ」

「うん」

霧島《きりしま》くんがそう言《い》ってくれたから、わたしは大丈夫《だいじょうぶ》だって自分《じぶん》に言《い》いきかせて、気持《きも》ちを落《お》ちつかせるために深呼吸《しんこきゅう》をした。

「あぁーっ、あそこに見《み》たことないキッチンカーがきてるよ！　なんだろう？」

カイトくんと別《わか》れて歩《ある》いていると、駅《えき》の近《ちか》くに停《と》まっているキッチンカーを見《み》つけたユノちゃんが、目《め》をかがやかせて走《はし》っていった。

「おい、帰《かえ》って宿題《しゅくだい》をすると言《い》ってなかったか？」

レン先輩《せんぱい》があきれたように声《こえ》をかけたけれど、はしゃぐユノちゃんの耳《みみ》には届《とど》いていないようだった。

「ユノちゃん、待《ま》ってー」

わたしはユノちゃんを追《お》いかけた。

キッチンカーは焼《や》きいも屋《や》さんだった。

焼《や》きいもだけじゃなく、焼《や》きいもを使《つか》ったスイーツやドリンクまである！

(あっ、わたしの大好物《だいこうぶつ》！)

思《おも》わず笑顔《えがお》になったわたしに、追《お》いかけてきたみんなが不思議《ふしぎ》そうな顔《かお》をした。

「焼《や》きいも……って、なんだ？」

「え？　あ、もしかしてみんなは焼《や》きいもって知《し》らないの？」

ヴァンパイアの世界《せかい》には、焼《や》きいもが存在《そんざい》しないんだ！

（こんなに甘《あま》くておいしいものを知《し》らないなんて、もったいないよ）

「せっかくだからみんなで食《た》べようよ。甘《あま》くてとってもおいしいよ。わたし焼《や》きいも大好《だいす》きなんだ」

わたしは焼《や》きいものおいしさをみんなに知《し》ってもらおうと、カバンからおさいふをとりだした。

甘《あま》いと聞《き》いて霧島《きりしま》くんがうれしそうな表情《ひょうじょう》になったこと、見逃《みのが》さなかったよ。

霧島《きりしま》くんは甘《あま》いものが好《す》きなんだ。

霧島《きりしま》くんがうれしそうな顔《かお》をすると、わたしまでうれしくなる。

わたしはもしかしたら、霧島《きりしま》くんのこと好《す》きなのかもしれないって最近《さいきん》思《おも》っちゃう。

「ユノは写真映《しゃしんば》えするやつにする！　このアイスが載《の》ってるのにしよっと。セイ半分《はんぶん》こしよ」

ユノちゃんは直感《ちょっかん》で選《えら》んだみたい。

アイスの載《の》ってるのもおいしそうだけど、わたしは普通《ふつう》の焼《や》きいもが食《た》べたい。

「わたしは普通《ふつう》のにしようかな」

「じゃ、おれも同《おな》じでいいや」

コウ先輩《せんぱい》は甘《あま》いものが好《す》きじゃないのか、たいして興味《きょうみ》がなさそうに言《い》った。

レン先輩《せんぱい》にいたっては注文《ちゅうもん》する様子《ようす》もない。

(人間《にんげん》だって、みんながみんな焼《や》きいも好《す》きってわけじゃないもんね……。でも食《た》べたことないなら食《た》べてみてほしいなあ)

注文《ちゅうもん》した焼《や》きいものスイーツを、ユノちゃんがパクッと最初《さいしょ》に食《た》べた。

「わ、おいしい！　ユノこれ好《す》き！」

おいしそうににっこり笑《わら》うユノちゃんの笑顔《えがお》は、みとれちゃうくらいかわいかった。

焼《や》きいものCM《シーエム》みたいだ。

となりに立《た》つ霧島《きりしま》くんも背《せ》が高《たか》くてスタイルがいいから、二人《ふたり》はお似合《にあ》いのカップルみたいに見《み》えるんだ。

そういうとき、ちょっとしゅんとした気持《きも》ちになっちゃう。

「ほんとだ。うまいな」

大《おお》きな口《くち》でかぶりついたコウ先輩《せんぱい》も、同《おな》じように笑顔《えがお》になった。

みんなの笑顔《えがお》を見《み》ることができて、わたしはうれしくなった。

ヴァンパイアのみんなが、人間《にんげん》の世界《せかい》の知《し》らないことを知《し》って喜《よろこ》んでくれるのが、うれしいんだ。ヴァンパイアと人間《にんげん》が仲良《なかよ》く暮《く》らせる未来《みらい》がわたしの夢《ゆめ》だから。

わたしは手《て》にしていた焼《や》きいもを半分《はんぶん》に割《わ》ると、レン先輩《せんぱい》に差《さ》しだした。

「レン先輩《せんぱい》、はいどうぞ。ひとくちだけでも食《た》べてみてください」

(レン先輩《せんぱい》だけ注文《ちゅうもん》しなかったのが、気《き》になってたんだよね)

わたしが差《さ》しだした焼《や》きいもに、レン先輩《せんぱい》はけげんそうな顔《かお》をした。

「ほしかったら自分《じぶん》で注文《ちゅうもん》する」

(う……、やっぱり気《き》むずかしいレン先輩《せんぱい》に焼《や》きいもを食《た》べてもらうのは無理《むり》かな？　最《さい》近《きん》レン先輩《せんぱい》とは少《すこ》し仲良《なかよ》くなれた気《き》がするんだけど)

「レン先輩《せんぱい》がほしいって思《おも》わなかったんだってわかります。でもわたしが食《た》べてみてほしいって思《おも》ったんです。わたしの大好《だいす》きな味《あじ》を、レン先輩《せんぱい》にも知《し》ってもらえたらって思《おも》って」

「きみの好《す》きな味《あじ》を、僕《ぼく》に知《し》ってほしかった？」

「え？　あ、はい。そうです」

レン先輩《せんぱい》はわたしの手元《てもと》の焼《や》きいもをじっと見《み》つめたまま、動《うご》かなくなっちゃった。

やっぱりレン先輩《せんぱい》とわかちあうのは無理《むり》かもしれない……、そう思《おも》って手《て》をひっこめようとしたら、レン先輩《せんぱい》はわたしの手《て》からそっと焼《や》きいもを受《う》けとった。

不思議《ふしぎ》そうな表情《ひょうじょう》のまま、レン先輩《せんぱい》は焼《や》きいもをひとくち食《た》べた。

「どうですか？」

「……おいしい」

わたしの問《と》いかけにポツリと答《こた》えてくれたレン先輩《せんぱい》に、わたしはうれしくなってほほえんだ。

「よかったあ……！　レン先輩《せんぱい》も気《き》に入《い》ってくれたんですね」

わたしの笑顔《えがお》につられてレン先輩《せんぱい》の口元《くちもと》がゆるんで、めったに見《み》られない笑顔《えがお》をレン先《せん》輩《ぱい》が見《み》せてくれる……、と思《おも》ったその瞬間《しゅんかん》だった。

「あれ？　レンなんか顔赤《かおあか》くね？」

コウ先輩《せんぱい》がからかうように言《い》ったから、レン先輩《せんぱい》の顔《かお》がピシッと固《かた》まっちゃった。

顔《かお》だけじゃない、手《て》の中《なか》の焼《や》きいもまでも、凍《こお》って固《かた》まっちゃってる！

レン先輩《せんぱい》は水分《すいぶん》があれば、なんでも凍《こお》らせることができちゃうんだ！

「わっ、レン先輩《せんぱい》焼《や》きいもが！」

「あ、ああ。コウきさま……！」

コウ先輩《せんぱい》をにらみつけるレン先輩《せんぱい》の瞳《ひとみ》は、深《ふか》い海《うみ》の青《あお》に変《か》わってる。

（やっぱりレン先輩《せんぱい》が、凍《こお》らせる能力《のうりょく》を使《つか》ったんだ！　でもどうして？）

「いや、今《いま》のはレンが悪《わる》いでしょ！　動揺《どうよう》しすぎ」

そう言《い》ったコウ先輩《せんぱい》が逃《に》げだしたから、レン先輩《せんぱい》も走《はし》って追《お》いかける。

「あーあ。まーたはじまったな。最近《さいきん》のレンおかしいよな」

霧島《きりしま》くんはそう言《い》いながらも、二人《ふたり》を止《と》める気《き》はないみたいで、焼《や》きいもとアイスを食《た》べつづけてる。どうやら焼《や》きいもの味《あじ》を、気《き》に入《い》ってくれたみたい。

（レン先輩《せんぱい》は冷静《れいせい》なのに、最近《さいきん》能力《のうりょく》を制御《せいぎょ》できないことがけっこうあるんだよね。どうしたのかな？）

「ねえ、せっかくの冬休《ふゆやす》みなんだから、宿題《しゅくだい》ばっかじゃなくて遊《あそ》びたいよー」

ユノちゃんがふと思《おも》いついたように言《い》った。

(たしかにせっかくの冬休《ふゆやす》みが宿題《しゅくだい》ばっかりじゃ、つまらないよね)

わたしは予定《よてい》を思《おも》いだしながら、ユノちゃんに言《い》った。

「えっと……、年《とし》が明《あ》けたら学園《がくえん》のスキー合宿《がっしゅく》があるよ！　それから年越《としこ》しやお正月《しょうがつ》もあるし。あ、もしかしたらユノちゃんと霧島《きりしま》くんは人間界《にんげんかい》で年越《としこ》しするのは初《はじ》めてかな？」

「え!?　年越《としこ》し？　したことない！　セイたちもないよね？」

ユノちゃんが言《い》うと、霧島《きりしま》くんもうなずいた。

(そっか。みんな人間界《にんげんかい》で過《す》ごすお正月《しょうがつ》は初《はじ》めてなんだ！)

「それなら日本《にほん》らしいお正月《しょうがつ》を過《す》ごしてみない？　みんなで楽《たの》しもうよ！」

「うん、楽《たの》しみができてうれしい！」

わたしがさそうと、ユノちゃんはうれしそうにうなずいた。

ワクワクするユノちゃんとは対照的《たいしょうてき》に、霧島《きりしま》くんは心配《しんぱい》そうな表情《ひょうじょう》だ。

「霧島《きりしま》くん、どうしたの？」

「いや、キラが休《やす》み中《ちゅう》に現《あらわ》れないといいなと思《おも》って。林間学校《りんかんがっこう》のときひどい目《め》にあっただろ」

「あ……」

ヴァンパイアの国《くに》の王子様《おうじさま》であるキラくんが現《あらわ》れたのは、林間学校《りんかんがっこう》でおとずれた鏡月湖《きょうげつこ》だった。鏡月湖《きょうげつこ》は魔力《まりょく》が満《み》ちる特別《とくべつ》な湖《みずうみ》で、満月《まんげつ》の夜《よる》に魔界《まかい》とつながるんだ。

キラくんはうでに銀《ぎん》のバングルをして、それとチェーンでつながった指輪《ゆびわ》をはめている。その指輪《ゆびわ》から雷《かみなり》がほとばしるんだ。それが、キラくんの能力《のうりょく》。

他《ほか》のヴァンパイアには負《ま》けない強《つよ》さを持《も》った霧島三兄弟《きりしまきょうだい》が、キラくんの雷《かみなり》にあっという間《ま》にたおされちゃったことがあるの！

みんな本当《ほんとう》に死《し》んじゃうんじゃないかって、わたしはすごくこわかった。

(キラくんが本気《ほんき》でわたしをさらおうとしたら、どうなっちゃうんだろう……)

キラくんの瞳《ひとみ》を見《み》ると、わたしは恐怖《きょうふ》でかなしばりにあったように動《うご》けなくなる。想像《そうぞう》しただけで背《せ》すじが寒《さむ》くなって、わたしはギュッと手《て》をにぎりしめた。

「んー、でもさあ。キラはユノがリオンと婚約《こんやく》させられそうになったとき、なんでか知《し》らないけど止《と》めてくれたし、美羽《みう》ちゃんを連《つ》れていかなかったよね？　意外《いがい》に大丈夫《だいじょうぶ》かもよ。

ユノも守《まも》るし！」

ユノちゃんがそう言《い》ってわたしの手《て》をギュッとにぎってくれた。

リオンくんは昔《むかし》からユノちゃんに好意《こうい》を抱《いだ》いていたらしく、婚約《こんやく》に乗《の》り気《き》なんだ。

けど突然《とつぜん》現《あらわ》れた王子様《おうじさま》のキラくんの「婚約《こんやく》はなし」っていうひとことで、ユノちゃんのママもリオンくんの両親《りょうしん》もパッと意見《いけん》を変《か》えちゃったの！

「たしかそのとき、まだわたしの血《ち》を使《つか》うときじゃないって言《い》っていたような……、どういう意味《いみ》だったんだろう？」

ひとりごとのようなわたしの疑問《ぎもん》に、霧島《きりしま》くんが答《こた》えてくれた。

「理由《りゆう》はわからないけど、キラがそのときじゃないって言《い》ってるから、カイトも最近《さいきん》は日向《ひなた》に手《て》だししないのか？　でもリオンとテオは勝手《かって》に動《うご》いてるし、もうだれがティアラのうわさを聞《き》きつけてねらってくるかわからないよな」

「えっ……」

わたしは言葉《ことば》を失《うしな》っちゃった。

ユノちゃんの婚約者候補《こんやくしゃこうほ》のリオンくんもまた、いとこのテオくんといっしょにわたしのことをねらってる。

わたしをキラくんに差《さ》しだして、ユノちゃんとの婚約《こんやく》を許《ゆる》してもらうためだ。

(さらに他《ほか》のヴァンパイアがやってくる可能性《かのうせい》もあるの……!?)

「大丈夫《だいじょうぶ》、大丈夫《だいじょうぶ》。だれがきてもセイやユノたちがそばにいれば、かんたんに美羽《みう》ちゃんをさらったりできないんだから！　そのためにいっしょに住《す》んでるんだもん」

「……うん。ありがとう、ユノちゃん」

ユノちゃんがわたしを元気《げんき》づけようと明《あか》るく言《い》ってくれたから、わたしも笑顔《えがお》でうなずいた。

(わたしは霧島《きりしま》くんの家《いえ》に住《す》まわせてもらってるんだから、きっと大丈夫《だいじょうぶ》だよね)

不安《ふあん》はあるけれど、今《いま》は目《め》の前《まえ》のことを考《かんが》えよう！

「宿題《しゅくだい》を終《お》わらせて、それから年越《としこ》し準備《じゅんび》だね。みんなで初詣《はつもうで》もいきたいな」

もうすぐ人間《にんげん》の世界《せかい》でみんなで過《す》ごす初《はじ》めてのお正月《しょうがつ》。

ヴァンパイアのみんなが、楽《たの》しいって思《おも》ってくれたらいいな。

3 年末《ねんまつ》は大《おお》そうじ

大《おお》みそかを迎《むか》える前《まえ》に、がんばって宿題《しゅくだい》を終《お》わらせた。

その間《あいだ》、他《ほか》のヴァンパイアがすがたを現《あらわ》すことはなかった。

カイトくんとも補習《ほしゅう》の日以来《ひいらい》、会《あ》ってない。

（カイトくんはひとりで年越《としこ》しするのかな？）

もともとカイトくんは、同《おな》じスラム街《がい》の妹分《いもうとぶん》であるメアちゃんといっしょにこの街《まち》にやってきたんだ。だけどメアちゃんはハロウィンの夜《よる》を最後《さいご》に、わたしたちの前《まえ》からいなくなってしまったの。

メアちゃんはわたしと同《おな》じクラスになったんだ。

カイトくんのことが大好《だいす》きで、カイトくんの役《やく》に立《た》ちたいって気持《きも》ちで、わたしのことをさらおうとしていた。

けれどわたしとカイトくんが仲良《なかよ》くなってるって誤解《ごかい》して、わたしのことを本気《ほんき》で憎《にく》むようになってしまったの。

わたしはメアちゃんとも、ユノちゃんみたいに友《とも》だちになれたらって思《おも》っていたから、面《めん》と向《む》かっていなくなってほしいって言《い》われたときは、ものすごくショックだった。

勝手《かって》にわたしをさらおうとしたことをカイトくんにしかられたメアちゃんは、傷《きず》ついてわたしたちの前《まえ》からすがたを消《け》してしまったんだ。

カイトくんがわたしをねらうのは、キラくんにわたしを差《さ》しだすことで、ヴァンパイアの世界《せかい》で出世《しゅっせ》して、自分《じぶん》が育《そだ》ったスラム街《がい》を豊《ゆた》かにしたいっていう夢《ゆめ》のためだ。

その夢《ゆめ》をだれよりも応援《おうえん》して、支《ささ》えていたのがメアちゃんだった。

(カイトくんもきっと、メアちゃんがいなくなってさみしいよね……)

霧島家《きりしまけ》の大《おお》そうじって、ちょっと変《か》わってるの。

そうじ真《ま》っ最中《さいちゅう》のリビングでは、ピアノの音《おと》が優雅《ゆうが》に流《なが》れているんだ。

演奏《えんそう》されているのは、ショパンの『幻想即興曲《げんそうそっきょうきょく》』。

「何度《なんど》聞《き》いても、レン先輩《せんぱい》の演奏《えんそう》ってすごい……」

リビングに置《お》いてある透明《とうめい》なグランドピアノは、コウ先輩《せんぱい》とレン先輩《せんぱい》のお母《かあ》さんが置《お》いていったもので、レン先輩《せんぱい》はそのピアノをとても大切《たいせつ》にしている。

ピアノを弾《ひ》いているのは、そのレン先輩《せんぱい》だ。

お母《かあ》さんの影響《えいきょう》ではじめたピアノは、ジュニアコンクールで最優秀賞《さいゆうしゅうしょう》を獲《と》ったほど。

ただうまいだけじゃなく、心《こころ》にしみわたるような繊細《せんさい》で美《うつく》しい音色《ねいろ》なんだ。

そのリズムに合《あ》わせて、ほうきや雑巾《ぞうきん》が勝手《かって》に動《うご》いて、部屋《へや》をきれいにそうじしているの！

「……まったく、どうして僕《ぼく》がそうじをするためにピアノを弾《ひ》かなくちゃいけないんだ？

僕《ぼく》は王城《おうじょう》でパイプオルガンの奏者《そうしゃ》に選《えら》ばれたほどの才能《さいのう》の持《も》ち主《ぬし》だぞ」

レン先輩《せんぱい》は文句《もんく》を言《い》いつつも、指《ゆび》は止《と》めない。これもレン先輩《せんぱい》の能力《のうりょく》のひとつ。

音《おと》を奏《かな》でることによって、ものを宙《ちゅう》に浮《う》かせたりあやつったりすることができるの！

レン先輩《せんぱい》がピアノを演奏《えんそう》することで、そうじもできちゃうなんて初《はじ》めて知《し》ったけど！

「ものを動《うご》かす能力《のうりょく》なんて、ヴァンパイアの闘《たたか》いには向《む》かないけど、便利《べんり》さはピカイチだよな。レンがそうじしてる間《あいだ》、おれはサッカーの練習《れんしゅう》でもしよっかな」

コウ先輩《せんぱい》はそうじをレン先輩《せんぱい》にまかせて、サッカーボールを頭《あたま》に載《の》せて遊《あそ》んでいる。

するとボールがふわっと浮《う》かびあがって、勢《いきお》いよくコウ先輩《せんぱい》の頭《あたま》に落《お》ちた。

「いってぇ！」

「父《とう》さんにそうじを言《い》いつけられたのはリビングだけじゃないだろう。どうして僕《ぼく》が全部《ぜんへ》屋《や》そうじすることになってるんだ」

レン先輩《せんぱい》がおこったせいかピアノの音《おと》が大《おお》きくなって、そうじ道具《どうぐ》たちの動《うご》きも勢《いきお》いが増《ま》している。その様子《ようす》に見《み》いっていると、レン先輩《せんぱい》の冷《つめ》たい視線《しせん》がこちらにも飛《と》んできた。

「おまえたちもだ。自分《じぶん》の部屋《へや》の窓《まど》でもみがいてこい」

言葉《ことば》とともに窓《まど》ふき用《よう》の布《ぬの》がわたし、霧島《きりしま》くん、ユノちゃんにそれぞれ飛《と》んできた。

あわててそれをキャッチする。

（そうだった。お世話《せわ》になってるんだから、ちゃんとそうじしないと！）

「えー、ユノそうじなんてしたことないよ。どうやるの？」

「ユノちゃん。わたしたちが使《つか》ってる部屋《へや》からやろう」

「おれも自分《じぶん》の部屋《へや》そうじしてくる。後《あと》で日向《ひなた》たちの部屋《へや》の届《とど》かないところもふいてやるよ」

ユノちゃんも女《おんな》の子《こ》の中《なか》では背《せ》の高《たか》い方《ほう》だけれど、霧島《きりしま》くんの方《ほう》が高《たか》い。

それに気《き》のせいか霧島《きりしま》くん、出会《であ》ったころよりも大《おお》きくなってるような？

「霧島《きりしま》くん、身長《しんちょう》のびた？」

わたしが聞《き》くと霧島《きりしま》くんは首《くび》をかしげながら言《い》った。

「どうだろ？　でもたくさん食《た》べてるからな。コウやレンの身長《しんちょう》は超《こ》したいな」

「はー？　おまえがおれを超《こ》すって？　生意気《なまいき》なんだ、よっ！」

コウ先輩《せんぱい》は顔《かお》をしかめると、サッカーボールをボンッと霧島《きりしま》くんの方《ほう》へけった。

コウ先輩《せんぱい》はサッカーが上手《じょうず》で、サッカー部《ぶ》の試合《しあい》に助《すけ》っ人《と》として出《で》てるんだ。

ボールは正確《せいかく》に霧島《きりしま》くん目《め》がけて飛《と》んでいく……、ところだった。

床《ゆか》をみがいていたモップが宙《ちゅう》にふわっと浮《う》いて飛《と》ぶと、バットみたいにボールを打《う》ちかえしたんだ！

「うっわ！　あぶねえ！　なにすんだよ、レン！」

「家《いえ》の中《なか》でサッカーボールだなんてふざけてるのか？　これ以上《いじょう》、僕《ぼく》をおこらせるな。コウ、おまえは風呂《ふろ》のそうじからするんだ」

「えー、レンはピアノ弾《ひ》いてるだけじゃん。ズルくねえ？」

「じゃあ、コウがひとりでキッチンとリビングを全《すべ》てそうじできるのか？」

「……ちぇ、わかったよ。仕方《しかた》ねえな」

めずらしくコウ先輩《せんぱい》が言《い》い負《ま》かされて、わたしたちも大《おお》そうじにとりかかった。


わたしとユノちゃんはひと部屋《へや》をいっしょに使《つか》ってるんだ。

だから二人《ふたり》でこの部屋《へや》をピカピカにすることにした。

わたしのベッドの近《ちか》くにある出窓《でまど》には、キラキラかがやくクリスタルのバラがドーム状《じょう》のガラスケースに入《はい》ったまま飾《かざ》られている。

これはレン先輩《せんぱい》がクリスマスにくれた、妖精《ようせい》の森《もり》に咲《さ》いていたバラなんだ！

霧島《きりしま》くんのお父《とう》さんがくれたケースに入《い》れてあるけれど、枯《か》れることなくずっときれいに咲《さ》いているの。

わたしはケースをみがきながら、その不思議《ふしぎ》なかがやきをじっと見《み》た。

見《み》る方向《ほうこう》によって色《いろ》を変《か》える、玉虫色《たまむしいろ》みたいな不思議《ふしぎ》な色《いろ》をしてる。

そっとケースをあけて、バラに触《ふ》れてみた。

プリザーブドフラワーみたいにずっと咲《さ》いているけれど、手触《てざわ》りは生花《せいか》と同《おな》じでみずみずしかった。

「あっ……」

指先《ゆびさき》にチクッと痛《いた》みが走《はし》って、わたしはあわてて指《ゆび》をひっこめた。

バラのトゲに当《あ》たったみたいで指《ゆび》から血《ち》が出《で》ちゃった！

(しまった……！　ケガしちゃった！　ユノちゃんもいるのに……！)

「いいにおいがする……」

ユノちゃんがうっとりとつぶやいた声《こえ》が背後《はいご》から聞《き》こえて、わたしは血《ち》の気《け》が引《ひ》いた。

ユノちゃんはわたしの血《ち》のにおいをかぐと、ヴァンパイア化《か》しちゃうんだ！

あわてて、バンソウコウの入《はい》っているカバンをとろうとすると、クリスタルのバラがかがやきだした。

「えっ？」

じんわりと指先《ゆびさき》があたたかくなる。

不思議《ふしぎ》に思《おも》って指先《ゆびさき》を見《み》ると、ケガをしたはずなのにきれいに治《なお》っていた。

（なに!?　なんで!?）

信《しん》じられない思《おも》いで、クリスタルのバラを見《み》つめると、花《はな》びらがひらりと一枚落《まいお》ちた。

「あっ、バラが散《ち》っちゃった！　やだ！」

あわててガラスのケースをかぶせた。

残《のこ》りの花弁《かべん》は無事《ぶじ》なようで、わたしはホッと息《いき》を吐《つ》いた。

（……空気《くうき》に触《ふ》れたから？　それともわたしのケガが治《なお》ったことと、なにか関係《かんけい》があるのかな……？）

「ねえ、今《いま》なにかすごくいい香《かお》りがしなかった？」

「えっ。そ、そう？　ねえ、ユノちゃん。クリスタルのバラって魔界《まかい》にしか咲《さ》かないんだよね？　これにケガを治《なお》す効力《こうりょく》とか……、あったりするの？」

わたしはドキドキしながら、ユノちゃんに聞《き》いてみた。

ユノちゃんはたいして不思議《ふしぎ》にも思《おも》わなかったみたいで、あっさり答《こた》えてくれた。

「え？　うーん。クリスタルのバラは初《はじ》めて見《み》たからわかんないけど、妖精《ようせい》の住《す》み処《か》に咲《さ》いてるくらいだから、そういう能力《のうりょく》もあるかもね！」

（そうなんだ！　魔界《まかい》に咲《さ》く花《はな》って不思議《ふしぎ》……。わたしのケガを治《なお》したから、花《はな》びらが散《ち》っちゃったのかな？）

残《のこ》ってる花《はな》びらが散《ち》らないように大事《だいじ》にしないと！

わたしはケースをしっかりしめた。


「セイはまだかかな？　手伝《てつだ》いにいってみよう！」

「え？　う、うん。いこうか」

（霧島《きりしま》くんの部屋《へや》に入《はい》るなんて、きんちょうしちゃうよ！）

ユノちゃんはおさななじみだから平気《へいき》なのか、廊下《ろうか》を進《すす》むと霧島《きりしま》くんの部屋《へや》をノックした。

「セイー、手伝《てつだ》いにきたよ！」

「ユノたちもう終《お》わったのか？」

中《なか》から霧島《きりしま》くんの声《こえ》が聞《き》こえてきてドキッとする。

同《おな》じ家《いえ》に暮《く》らしているのに、こんなにドキドキするのは変《へん》なのかな。

ユノちゃんが躊躇《ちゅうちょ》なく部屋《へや》に入《はい》っていくから、わたしも続《つづ》いて中《なか》に入《はい》った。

霧島《きりしま》くんの部屋《へや》は黒《くろ》と青《あお》を基調《きちょう》とした、シンプルな部屋《へや》だった。

(この部屋《へや》に入《はい》るのは霧島《きりしま》くんと入《い》れかわって以来《いらい》だな……)

前《まえ》に魔界《まかい》の不思議《ふしぎ》なグミで、わたしと霧島《きりしま》くんは中身《なかみ》が入《い》れかわっちゃったことがあるの！

そのときは霧島《きりしま》くんのからだだったから、わたしが自分《じぶん》のまま霧島《きりしま》くんの部屋《へや》にいるなんて、やっぱりきんちょうしちゃう。

部屋《へや》の真《ま》ん中《なか》に座《すわ》って、霧島《きりしま》くんは写真《しゃしん》の整理《せいり》をしているようだった。

「引《ひ》き出《だ》しの奥《おく》から出《で》てきたんだ。ユノが前《まえ》にくれたやつ」

壁《かべ》にはコルクボードがかけてあって、写真《しゃしん》がたくさんピンでとめられていた。

「わ、この写真《しゃしん》、夏祭《なつまつ》りのだね。体育祭《たいいくさい》のもある」

飾《かざ》られていたのは、わたしたちの写真《しゃしん》ばかりだった。

「ユノがたくさん撮《と》るからな。もう飾《かざ》るところなくなりそう」

「ユノはSNS《エスエヌエス》のアイミィにあげてるだけなのに、セイはこんな風《ふう》に飾《かざ》ってくれてたんだあ」

ユノちゃんもうれしそうに写真《しゃしん》をながめてる。

「おれはSNS《エスエヌエス》とか見《み》ないから」

ぶっきらぼうに言《い》った霧島《きりしま》くんの表情《ひょうじょう》からは、やさしい気持《きも》ちがにじみでてる。

だってわたしたちと過《す》ごした日々《ひび》を大切《たいせつ》に想《おも》ってなかったら、こんな風《ふう》に飾《かざ》ったりしないと思《おも》うんだ。

わたしは胸《むね》がじーんとなった。

写真《しゃしん》の中《なか》で笑《わら》うわたしたちの切《き》りとられた瞬間《しゅんかん》では、ヴァンパイアと人間《にんげん》が仲良《なかよ》く過《す》ごすっていうわたしの夢《ゆめ》がかなってる。

体育祭《たいいくさい》の写真《しゃしん》の中《なか》には、猫耳《ねこみみ》をつけたメアちゃんの笑顔《えがお》もある。

(またメアちゃんとこんなふうに笑《わら》いたいな……)

こんなふうにみんなで楽《たの》しく過《す》ごせる日々《ひび》がずっと続《つづ》いたらいいのに。

「あれ?」

写真《しゃしん》をなぞるようにながめていたわたしは、一番《いちばん》はしにひっそりとはられている写真《しゃしん》に目《め》をとめた。

それはハロウィンの仮装《かそう》コンテストで、わたしが霧島《きりしま》くんにたのんでいっしょに撮《と》ってもらったツーショットの写真《しゃしん》だった。

(わたしと霧島《きりしま》くんの写真《しゃしん》を、部屋《へや》に飾《かざ》っていてくれたなんて……!)

写真《しゃしん》の中《なか》では、照《て》れくさそうな狼《おおかみ》の耳《みみ》としっぽをつけた霧島《きりしま》くんと、恥《は》ずかしくて縮《ちぢ》こまってほうきを持《も》つ、魔女見習《まじょみなら》いの仮装《かそう》をしたわたしが立《た》っている。

うれしさと恥《は》ずかしさで、一気《いっき》に顔《かお》が熱《あつ》くなっちゃった!

(大切《たいせつ》に持《も》っていてくれたってことだよね……? うれしい……)

「あ、わたし窓《まど》ふきするね!」

赤《あか》くなった顔《かお》に気《き》づかれたくなくて、窓《まど》へと近寄《ちかよ》った。

転校《てんこう》してきたばかりのとき、外《そと》から小石《こいし》を窓《まど》にぶつけて霧島《きりしま》くんを呼《よ》んだことがあった。

そのときは霧島《きりしま》くんのお父《とう》さんもまだ、ヴァンパイアの屋敷《やしき》になんてきちゃいけないよって言《い》っていたんだ。

だけどわたしはそのときから、霧島《きりしま》くんのことをもっと知《し》りたいっていう気持《きも》ちを、止《と》めることができなかったんだ。その気持《きも》ちは今《いま》もどんどん大《おお》きくなってる。

窓辺《まどべ》に置《お》かれたベッドの上《うえ》には、そのとき霧島《きりしま》くんがつけていた白《しろ》いヘッドフォンが置《お》かれていた。

数《すう》か月前《げつまえ》のことなのに、なつかしい気持《きも》ちになっちゃう。

思《おも》いだしながら窓《まど》をふいていると、ふいにひょっこりと下《した》から黒《くろ》いミンクが顔《かお》を出《だ》した。

「わっ、アモル！　外《そと》にいたの⁉」

アモルは霧島家《きりしまけ》で飼《か》われている、霧島《きりしま》くんのお父《とう》さんの使《つか》い魔《ま》なんだ。

だから普通《ふつう》のミンクとちがってチョコレートが好物《こうぶつ》だし、こうして建物《たてもの》の壁《かべ》をのぼってこられちゃったりするの！

あわてて窓《まど》をあけると、アモルはするりと中《なか》へ入《はい》ってきた。

（いつも霧島《きりしま》くんの部屋《へや》の窓《まど》から出入《でい》りしてたんだ！）

「キュウ」

高《たか》い声《こえ》で鳴《な》いてわたしにあいさつしてくれる。

アモルともこの家《いえ》にきて、ますます仲良《なかよ》くなったんだ。

わたしは霧島《きりしま》くんの部屋《へや》の窓《まど》も、気持《きも》ちをこめて丁寧《ていねい》にみがいた。

霧島《きりしま》くんたちが住《す》んでいる洋館《ようかん》は、わたしが子《こ》どものころから丘《おか》の上《うえ》にあって、雰囲気《ふんいき》がすてきだからあこがれていたんだ。

その洋館《ようかん》に今《いま》、わたしが住《す》んでるんだ！

ヴァンパイアの友《とも》だちといっしょに！

そう考《かんが》えると、あらためて不思議《ふしぎ》な気持《きも》ちになった。

4 現《あらわ》れた兄王子《あにおうじ》

そうじを終《お》えて、わたしとユノちゃん、霧島《きりしま》くんは年越《としこ》しのための買《か》いだしに出《で》かけた。

コウ先輩《せんぱい》とレン先輩《せんぱい》はそれぞれ、自分《じぶん》の部屋《へや》をそうじしていた。

霧島《きりしま》くんがポケットから、お父《とう》さんに書《か》いてもらった買《か》い物《もの》メモをとりだした。

「えーと、なにを買《か》うんだっけ？」

外《そと》へ出《で》ると吐《は》く息《いき》が白《しろ》い。

クリスマスに雪《ゆき》が降《ふ》ってから、本格的《ほんかくてき》に寒《さむ》くなってきたみたい。

わたしはクリスマスに霧島《きりしま》くんからもらったマフラーを、しっかり巻《ま》きなおした。

(寒《さむ》いのは苦手《にがて》だけれど、このマフラーをして出《で》かけられるのはうれしいな)

「あのね、十二月《がつ》の三十一日《にち》を大《おお》みそかって言《い》うんだけれど、大《おお》みそかは年越《としこ》しそばを食《た》べる風習《ふうしゅう》があるの。だからおそばの材料《ざいりょう》を買《か》うんだよ。あとは門松《かどまつ》と鏡《かがみ》もちも！」

霧島《きりしま》くんのお父《とう》さんも、日本式《にほんしき》の年越《としこ》しを経験《けいけん》させたいからって、いろいろ調《しら》べてくれたみたいで、買《か》い物《もの》メモにはずらっとお正月《しょうがつ》ならではの飾《かざ》りや食材《しょくざい》が書《か》かれている。

「年越《としこ》しそば？　門松《かどまつ》？　わかんないけどユノ楽《たの》しみ！」

霧島《きりしま》くんたちはやっぱり、人間《にんげん》の世界《せかい》の年越《としこ》しを知《し》らないみたい。

買《か》い物《もの》メモには羽子板《はごいた》まで書《か》いてあった。

羽子板《はごいた》で羽根《はね》つきなんて、わたしもしたことがない。本格的《ほんかくてき》だ！

（お正月《しょうがつ》の遊《あそ》び、霧島《きりしま》くんたちとしたら楽《たの》しいだろうな。霧島《きりしま》くんやユノちゃんに、人間《にんげん》のお正月《しょうがつ》も楽《たの》しいって思《おも》ってもらいたい！）

そんな思《おも》いでいっぱいで、わたしは舞《ま》いあがっていた。

「え？　あれ、ラヴ!?」

道路《どうろ》をはさんで向《む》かい側《がわ》に、黒《くろ》ウサギが走《はし》っているのが見《み》えた。

ラヴっていうのは、メアちゃんが飼《か》ってる黒《くろ》ウサギで使《つか》い魔《ま》なんだ。

わたしに気《き》づいたラヴは、足《あし》をピタッと止《と》めてこっちを見《み》た。

つぶらな黒《くろ》い瞳《ひとみ》はなにかをうったえているように見《み》える。

その後《あと》すぐに走《はし》りだすと、公園《こうえん》の中《なか》へ入《はい》っていってしまった。

「霧島《きりしま》くん、ユノちゃん。ちょっと待《ま》ってて。ラヴがいたかも」

わたしは二人《ふたり》にそう言《い》うと、車《くるま》の流《なが》れが途切《とぎ》れるのを待《ま》って、道路《どうろ》の反対側《はんたいがわ》へと渡《わた》った。

公園《こうえん》に入《はい》ると、モニュメントの鏡《かがみ》の前《まえ》にカイトくんが立《た》っていた。

ギクッとしたけれど、魔界《まかい》への扉《とびら》になる公園《こうえん》の鏡《かがみ》は、光《ひか》ってはいなかった。

「カイトくん？　もしかしてメアちゃんがきたの？」

カイトくんがとまどったようにわたしを見《み》たから、思《おも》いきって聞《き》いてみた。

メアちゃんは、公園《こうえん》の鏡《かがみ》から魔界《まかい》に帰《かえ》ったはず。

鏡《かがみ》は満月《まんげつ》の魔力《まりょく》がないと開《ひら》かないから、一度《ど》使《つか》うと次《つぎ》の満月《まんげつ》がくるまで使《つか》えないんだ。

メアちゃんが使《つか》っちゃったから、カイトくんはしばらく魔界《まかい》に帰《かえ》れないってぼやいていたのをおぼえてる。

――つまりメアちゃんも今《いま》は、鏡《かがみ》を使《つか》ってこっちにはこられないはずだよね？

(それなのにどうしてラヴがここにいるの？)

カイトくんはわたしに気《き》づくと、複雑《ふくざつ》そうな顔《かお》をして口《くち》を開《ひら》いた。

「ラヴが突然《とつぜん》現《あらわ》れたんだ。それでおれも公園《こうえん》の鏡《かがみ》をたしかめにきたんだけど」

「……メアちゃんはいないの？」

「鏡《かがみ》は開《ひら》いてなかった。ラヴはどこかべつの鏡《かがみ》からきたようだ。ラヴが自分《じぶん》できたのかメアがおれを呼《よ》んでいるのかはわからない。でもいかないと」

カイトくんが思《おも》いつめた様子《ようす》で言《い》った。

鏡《かがみ》が開《ひら》いていないと聞《き》いて、わたしはそれをたしかめるように鏡《かがみ》に近《ちか》づいた。

わたしの後《あと》を追《お》って、霧島《きりしま》くんとユノちゃんが公園《こうえん》に入《はい》ってくるすがたが見《み》えていた。

だからわたしは油断《ゆだん》していたんだと思《おも》う。

「……――え？」

鏡《かがみ》が満月《まんげつ》の光《ひかり》をとりこんだときのようにきらめいたかと思《おも》うと、にゅっと中《なか》から男《おとこ》の人《ひと》の上半身《じょうはんしん》が出《で》てきた。

金色《きんいろ》の髪《かみ》が肩《かた》までのびた、童話《どうわ》に出《で》てくる王子様《おうじさま》のような恰好《かっこう》をした知《し》らない人《ひと》だった。

出《で》てきた両《りょう》うでがわたしの両肩《りょうかた》をつかんで、思《おも》いきり引《ひ》きよせる。

目《め》の前《まえ》の光《ひかり》に目《め》がくらんで、なにが起《お》こったのかわからなかった。

「ちょ……、待《ま》てっ……！」

カイトくんが叫《さけ》んでわたしのうでを強《つよ》くつかんだのが、痛《いた》みでわかった。

「日向《ひなた》──っ！」

「美羽《みう》ちゃんっ！」

それから、霧島《きりしま》くんとユノちゃんが、わたしの名《な》を呼《よ》ぶ声《こえ》も聞《き》こえた。

ぜんぶ、一瞬《いっしゅん》のできごとだった。

──わたしはあまりにもあっさりと、魔界《まかい》へつながる鏡《かがみ》に引《ひ》きずりこまれてしまったのだった。

光《ひかり》が失《うしな》われて視界《しかい》が開《ひら》けたとき、わたしたちは広大《こうだい》な草原《そうげん》に立《た》っていた。

王子様《おうじさま》のような恰好《かっこう》をした知《し》らない男《おとこ》の人《ひと》とわたしと、わたしのうでをにぎっているカイトくん。

そしていつの間《ま》に鏡《かがみ》に飛《と》びこんだのか、ラヴがいた。

なまあたたかい風《かぜ》がふくのに、肌寒《はだざむ》い。そして曇《くも》った空《そら》には紫《むらさき》の月《つき》。

(魔界《まかい》だ――！　どうして⁉)

目《め》の前《まえ》にはすがた見《み》がたおれている。

ここから出《で》てきたんだと理解《りかい》したとき、男《おとこ》の人《ひと》が足《あし》で思《おも》いきり鏡《かがみ》をふみつけた。

バリンという音《おと》とともに、鏡《かがみ》にヒビが入《はい》る。そして鏡《かがみ》は光《ひかり》を失《うしな》ってしまった。

(そんな――、帰《かえ》り道《みち》がなくなっちゃった……！)

「なんで余分《よぶん》なヤツまでついてきてるんだ！」

男《おとこ》の人《ひと》はイラついた様子《ようす》で叫《さけ》んだ。

(この人《ひと》だれ⁉　こわい――……！)

「こいつ、ハイドだ！　どうしておまえが美羽《みう》をさらおうとするんだ！」

「ハイドって……、キラくんのお兄《にい》さん⁉」

長《なが》い髪《かみ》で顔《かお》がよく見《み》えなかったけれど、あらためて見《み》るとキラくんにそっくりな顔《かお》をしていた。造形《ぞうけい》は同《おな》じなのに、おそろしいほど美《うつく》しいと感《かん》じるキラくん独特《どくとく》のオーラのようなものは、なぜかハイドくんからは感《かん》じられなかった。

「貴様《きさま》ヴァンパイアか。おれのことを知《し》っていながら、不敬《ふけい》な態度《たいど》だ！　貴族《きぞく》じゃないな？」

ハイドくんがカイトくんに威圧的《いあつてき》な態度《たいど》で叫《さけ》んだ。

「うるせぇ、こいつに近《ちか》づくな！」

カイトくんは言《い》いかえすと、わたしを自分《じぶん》の後《うし》ろにかばってくれた。

わたしはただおそろしくて、全身《ぜんしん》がふるえていた。

（どうして会《あ》ったこともないキラくんのお兄《にい》さんが、突然現《とつぜんあらわ》れたの――？）

カイトくんはわたしの味方《みかた》ってわけじゃない。

わたしのことを捕《と》らえようとしてるのは、カイトくんも同《おな》じだ。

カイトくんが偶然《ぐうぜん》いっしょに鏡《かがみ》に入《はい》りこんでしまったからといって、安心《あんしん》なんてできない状況《じょうきょう》だった。

「おれが連《つ》れていくのを阻止《そし》するヴァンパイアがいるということは、やはりそいつがティアラにまちがいないな。おまえはキラの手先《てさき》か」

ハイドくんの口《くち》から出《で》るティアラという言葉《ことば》に、心臓《しんぞう》がドキリとする。

カイトくんの背《せ》にかくれるように、わたしは身《み》を縮《ちぢ》こまらせた。

（やっぱり【特別《とくべつ》な血《ち》】かもしれないと知《し》って、わたしをねらってきたんだ――！）

「……なんでおまえがこいつを知《し》ってるんだ」

「ハハッ。キラがティアラをかくしもってるんじゃないかって、うすうす気《き》づいてたんだ。あいつの余裕《よゆう》ぶった態度《たいど》が鼻《はな》につくからな。まさかティアラを放《はな》し飼《が》いにしてるとは思《おも》わなかった。おれだったらさっさと血《ち》をぬいて、儀式《ぎしき》に使《つか》うけどな。今《いま》ならそうすることができる！　おれはラッキーだ！」

ハイドくんは興奮《こうふん》した様子《ようす》で叫《さけ》んだ。

（血《ち》をぬく――!?）

ゾッとした。そんなことされたらわたし、死《し》んじゃう！

「や、やだ！　助《たす》けて!!」

わたしがふるえあがって叫《さけ》ぶと、カイトくんがするどい声《こえ》でわたしにささやいた。

「美羽《みう》、おれを離《はな》すなよ？」

「え――？」

カイトくんのうでがわたしのウエストに巻《ま》きつく。

「巻《ま》きおこれ、旋風《せんぷう》！」

カイトくんの声《こえ》と同時《どうじ》に、ゴオッと足元《あしもと》から風《かぜ》が巻《ま》きおこった。

ラヴがジャンプしてわたしの胸《むね》にしがみついてきた。

「きゃあああああっ」

気《き》づいたら竜巻《たつまき》のような風《かぜ》で、わたしとカイトくんは、空高《そらたか》く舞《ま》いあがっていた。

必死《ひっし》でカイトくんにしがみつく。こわくて目《め》をあけていられない――！

コウ先輩《せんぱい》や霧島《きりしま》くんは、わたしを抱《かか》えたまま信《しん》じられないくらい高《たか》くジャンプすることができる。でもカイトくんのつむじ風《かぜ》はそれとは勢《いきお》いが全然《ぜんぜん》ちがう！

グンッと上空《じょうくう》へ押《お》しあげられてる感《かん》じ。

下《した》からの風《かぜ》がなくなっても、カイトくんは足元《あしもと》につむじ風《かぜ》を発生《はっせい》させることで、落下《らっか》せずにいられている。つまり空《そら》を飛《と》ぶことができるんだ！

（こわい、こわい、こわい――!!）

こわいのは空《そら》を飛《と》んでることだけじゃない。

ハイドくんはハッキリわたしの血《ち》をぬくって言《い》ったんだ。

ギュッと目《め》をつぶると、こわさで涙《なみだ》がにじんだ。

しがみついたハイドくんの服《ふく》をにぎりしめる拳《こぶし》が、まっ白《しろ》になるくらい力《ちから》が入《はい》っていた。

こわくてたまらなかった。

「ハイドはおれの能力《のうりょく》を知《し》らなかったから、追《お》いかけてこられない。心配《しんぱい》するな」

わたしがおびえていることに気《き》づいたカイトくんが、そう言《い》ってわたしを抱《かか》えこむように抱《だ》きしめた。

深《ふか》い森《もり》の奥《おく》にひっそりと咲《さ》く花《はな》のような、カイトくんの香《かお》りに包《つつ》まれる。

ヴァンパイアはみんな、それぞれちがった花《はな》の香《かお》りがするんだ。

それを感《かん》じられる人間《にんげん》はめずらしいらしい。

「……美羽《みう》の血《ち》は吸《す》わせない。だから泣《な》くな」

(どうして――……)

カイトくんのうでの中《なか》で、わたしは涙《なみだ》を必死《ひっし》でこらえた。

この人《ひと》はわたしを守《まも》ってくれる人《ひと》じゃない。

このままキラくんのもとへ飛《と》んでいって、わたしを引《ひ》きわたすって考《かんが》える方《ほう》が自然《しぜん》だ。

それくらい、カイトくんはキラくんに忠誠《ちゅうせい》を誓《ちか》っている。

それなのにどうして、わたしはカイトくんにしがみついているんだろう。

カイトくんはどうして、こんな風《ふう》にわたしをなぐさめるんだろう。

ゴォゴォと風《かぜ》を切《き》って飛《と》ぶ音《おと》が、これまではこわくて苦手《にがて》だったけれど、今《いま》はハイドくんの存在《そんざい》を感《かん》じられなくなるからありがたかった。

5 カイトの気《き》持《も》ち　～自《じ》分《ぶん》のしてることがわからない～

物心《ものごころ》ついたときから、貴族《きぞく》のヴァンパイアはおれの敵《てき》だった。

けれど王子《おうじ》であるキラくんだけは、ちがったんだ。

ガキのころにおれがかけられた宝石泥棒《ほうせきどろぼう》の濡《ぬ》れ衣《ぎぬ》を、同《おな》じ年《とし》のキラくんがはらしてくれた。スラム街《がい》の子《こ》どもを助《たす》けたところで、王子様《おうじさま》にはなんの得《とく》もないのに。

「わ、わたしをキラくんのところへ連《つ》れていくの……⁉」

腕《うで》の中《なか》の美羽《みう》が、風《かぜ》の音《おと》に負《ま》けないように大《おお》きな声《こえ》で聞《き》いてきた。

「……ヴァンパイアの王《おう》になるのは、ハイドよりもキラくんの方《ほう》がふさわしい」

おれは自分《じぶん》に言《い》いきかせるように、そうつぶやいた。

「キラくんに小《ちい》さいころ助《たす》けてもらったから？」

「そうだ。キラくんは普通《ふつう》の王族《おうぞく》とはちがうからな」

「……ちがうって？」

美羽《みう》のぬれたような黒《くろ》い瞳《ひとみ》が、不安《ふあん》でゆらいでる。

キラくんという存在《そんざい》に対《たい》して、美羽《みう》は恐怖心《きょうふしん》しか抱《いだ》いていない。

自分《じぶん》の血《ち》をねらってるんだから、それはそうだろう。

だけどおれにとってのキラくんは、ただのヴァンパイアの王子様《おうじさま》なんかじゃないんだ。

「キラくんは傷《きず》つけられる者《もの》の痛《いた》みを知《し》ってる」

「……え？」

「キラくんが初《はじ》めて会《あ》ったときにおれに言《い》ったんだ。おれの目《め》の光《ひかり》が自分《じぶん》に似《に》てるって。だからおれを助《たす》けたんだって。おかしいだろ？　王子様《おうじさま》のキラくんと、スラム街《がい》のガキのおれの目《め》の光《ひかり》が似《に》てるだなんて」

そのときおれは、キラくんはもしかしたら虐《しいた》げられたヴァンパイアの気持《きも》ちを知《し》っているんじゃないかと思《おも》ったんだ。

「キラくんは生《う》まれつきの強《つよ》すぎる能力《のうりょく》のせいで、親《おや》からはおそれられ、兄《あに》たちから何度《なんど》も暗殺《あんさつ》されそうになってる。家族《かぞく》から〝呪《のろ》われた子《こ》〟なんて言《い》われて。まわりからチヤホヤされて、なにも考《かんが》えずに権力《けんりょく》を手《て》にしてるほかの王子《おうじ》とはちがう。それを知《し》ったとき、おれはキラくんをヴァンパイアの王《おう》にしてやりたいって強《つよ》く思《おも》ったんだ」

その思《おも》いは今《いま》も変《か》わっていない。

(――それなのにおれは、なんでこんなことしてんだ!!)

心《こころ》の中《なか》で盛大《せいだい》に自分《じぶん》につっこむ。

差別《さべつ》されてるだけじゃなく、王族《おうぞく》に逆《さか》らう正真正銘《しょうしんしょうめい》の犯罪者《はんざいしゃ》になっちまった!

ハイドが連《つ》れてきたティアラを、まるで横《よこ》どりしたかのようにかっさらって飛《と》んでいるんだから!

だけど自分《じぶん》のうでの中《なか》でふるえているか弱《よわ》い人間《にんげん》の美羽《みう》を、おれはなぜかほうっておくことができなかった。

差別《さべつ》されて生《い》きてきたおれの血《ち》をきたなくないと美羽《みう》が言《い》って、傷《きず》の手当《てあ》てをしてくれたから――?

大人《おとな》にけりとばされそうになったときにおおいかぶさって、身《み》をていしてかばってくれたから——？

体育祭《たいいくさい》でまっ赤《か》な顔《かお》をしながら、自分《じぶん》のハチマキを差《さ》しだした美羽《みう》の顔《かお》を思《おも》いだす。

おれは体育祭《たいいくさい》でハチマキ交換《こうかん》すると両想《りょうおも》いになれるっていうジンクスを、美羽《みう》の心《こころ》を捕《と》らえる契約《けいやく》だとかんちがいしていたんだ。

あのときのぞわぞわした妙《みょう》な感覚《かんかく》がよみがえりそうになって、おれは頭《あたま》をぶんぶん振《ふ》った。

（……いや、ちげぇだろ！　あそこでハイドに美羽《みう》を渡《わた》すわけにはいかなかった。ただそれだけだ！）

だけどおれのつむじ風《かぜ》は、キラくんのいる王城《おうじょう》とは真逆《まぎゃく》のスラム街《がい》へと飛《と》んでいた。

本来《ほんらい》のおれの立場《たちば》ならば、キラくんへ引《ひ》きわたすのが当然《とうぜん》だというのに。

なぜかどうしても、キラくんに美羽《みう》を渡《わた》す気分《きぶん》にはなれなかった。

スラム街《がい》の入《い》り口《ぐち》に降《お》りたった後《あと》も、美羽《みう》は腰《こし》がぬけてしまったのか座《すわ》りこんで、歩《ある》くことができなかった。ラヴは美羽《みう》のそばでじっとしている。

「もう大丈夫《だいじょうぶ》だっつってんだろ。ハイドはおれがだれかも知《し》らなかったんだから、追《お》ってきようがないだろ」

「ほ、本当《ほんとう》に……?」

よほどこわかったんだろう、美羽《みう》のからだはぶるぶるとふるえている。顔色《かおいろ》も青白《あおじろ》くなっていて、それを見《み》るとさすがにかわいそうに思《おも》えてきた。

「ああ」

いつも美羽《みう》を運《はこ》ぶときは荷物《にもつ》をかつぐように肩《かた》に乗《の》せていたけれど、おれは美羽《みう》を横抱《よこだ》きにして持《も》ちあげた。

「きゃっ」

「おれから逃《に》げたら路頭《ろとう》に迷《まよ》って死《し》ぬか、ハイドに見《み》つけられるかどっちかだからな。逃《に》げるなよ」

おどすように言《い》いきかせると、美羽《みう》はうでの中《なか》で大人《おとな》しくなった。

こわがらせすぎたと思《おも》ったけれど、そこまで気《き》がきくようなことは、おれは言《い》えない。

(言《い》ってることは事実《じじつ》だしな)

今《いま》ごろきっとハイドが血眼《ちまなこ》になって、おれたちを捜《さが》していることだろう。

ハイドをおこらせたからといって、キラくんは気《き》にしないだろうけど、報告《ほうこく》しなかったことは裏切《うらぎ》りだとみなされそうな気《き》がした。

（……キラくんをおこらせるのはまずいな）

あの雷《かみなり》に打《う》たれたら、かんたんに死《し》ぬ。

スラム街《がい》に入《はい》るとすぐに、街《まち》のチビたちがおれにまとわりついてきた。

「ああーっ、カイト兄《にい》だ！　カイト兄《にい》、おかえりなさい！」

「その子《こ》だあれ？　どうしてお姫様《ひめさま》だっこしてるの？」

スラム街《がい》は両親《りょうしん》がいない子《こ》や、捨《す》てられた子《こ》どもが集《あつ》まって暮《く》らしているんだ。

年長《ねんちょう》のおれやメアが保護者《ほごしゃ》みたいなものだ。

「ねえねえ、お姉《ねえ》ちゃん。カイト兄《にい》のこんやくしゃなの？」

その中《なか》で五歳《さい》のチナが、美羽《みう》のスカートのすそをクイクイと引《ひ》っぱって話《はな》しかけた。

美羽《みう》はメアにさらわれて一度《ど》スラム街《がい》にきたはずだが、チナは美羽《みう》を初《はじ》めて見《み》たようだった。

「え、ち、ちがうよ」

「なわけねーだろ！」

否定《ひてい》する美羽《みう》とおれの声《こえ》が重《かさ》なった。

美羽《みう》はあわてたように、おれのうでから降《お》りた。

「カイトくん、ありがとう。わたし自分《じぶん》で歩《ある》くよ……」

さすがにチビたちの前《まえ》で抱《だ》っこで運《はこ》ばれるのは、年上《としうえ》として恥《は》ずかしいらしい。

「カイト兄《にい》と結婚《けっこん》するのは、メア姉《ねえ》なんだよー」

チナが、えらそうに美羽《みう》に教《おし》えている。

「結婚《けっこん》なんかするわけないだろ」

こいつらからすればおれがパパで、メアがママみたいなもんだ。

だから結婚《けっこん》させようとしてるんだ。

そんなことしなくても、おれたちは家族《かぞく》なのに。

「それよりメアはどこだよ」

おれは自分《じぶん》の家《いえ》に向《む》かって歩《ある》きながら、まとわりついてくるチビたちにメアの行方《ゆくえ》を聞《き》いた。

美羽《みう》をねらうハイドのことも気《き》になったけれど、もともとはメアのことが気《き》になっていた。だからここへ帰《かえ》ってこられたのは、おれにとっては好都合《こうつごう》だった。

「メアは悪《わる》いやつらの仲間《なかま》になっちゃったんだ」

おこったようにそう言《い》ったのは、この中《なか》では一番年上《いちばんとしうえ》の十一歳《さい》のグリムだ。

「ゼルクたちのことか？」

ゼルクはスラム街《がい》のギャングで、同《おな》じスラム街《がい》の仲間《なかま》からも金品《きんぴん》をうばう最悪《さいあく》なやつだった。おれがボコボコにして以来《いらい》、このあたりには手《て》を出《だ》さなくなったはずだけど。

「メアはおかしいよ！　おれたちヴァンパイアの血《ち》を集《あつ》める手助《てだす》けをしてるんだ！」

「……はあ？」

自分《じぶん》で思《おも》ったよりも低《ひく》い声《こえ》が出《で》た。

となりを歩《ある》く美羽《みう》と、グリムがビクッと肩《かた》をふるわせる。

「メアが仲間狩《なかまが》りだって――？」

ヴァンパイアの世界《せかい》では、仲間狩《なかまが》りは重罪《じゅうざい》だ。ヴァンパイア同士《どうし》では血《ち》を吸《す》わない。

それをおこなう理由《りゆう》はひとつしかない――、金《かね》のためだ。

ヴァンパイアの血《ち》は生命力《せいめいりょく》のかたまりで、人間《にんげん》にとっては万能薬《ばんのうやく》のようなもの。金持《かねも》ちの人間《にんげん》たちに、裏社会《うらしゃかい》で不老不死《ふろうふし》の薬《くすり》として高値《たかね》で売《う》れるっていうのは、ヴァンパイアの間《あいだ》では有名《ゆうめい》な話《はなし》だった。

だけどそんなのうわさ話《ばなし》にすぎないし、裏社会《うらしゃかい》の人間《にんげん》なんておれたちが知《し》ってるはずなかった。

「メアがそんなことするはずがないだろ」

おれはグリムを軽《かる》くあしらった。

おれがどれだけこのスラム街《がい》の仲間《なかま》を大切《たいせつ》にしているか、メアは知《し》っているはずだ。

おれだけじゃない。メアだって同《おな》じ気持《きも》ちのはずだ。

「おれがメアにきつく当《あ》たったからすねてるんだろ。こんなのいつものことだ。たいしたことじゃない」

そう自分《じぶん》に言《い》いきかせるようにつぶやいたときだった。

となりから美羽《みう》の小《ちい》さな声《こえ》が聞《き》こえたんだ。

「……メアちゃんは、たいしたことないなんて思《おも》ってないかもしれない」

「――は？　おまえにメアのなにがわかるんだよ」

なんでよそ者《もの》の美羽《みう》が意見《いけん》してくるんだって、ちょっとムッとした。

おれとメアが何年《なんねん》いっしょにいると思《おも》ってるんだ。

けれど美羽《みう》はおれの強《つよ》い口調《くちょう》にひるまずに、まっすぐにおれを見《み》あげて目《め》を合《あ》わせて言《い》った。

「カイトくん、ちゃんとメアちゃんと向《む》きあってあげてほしいの。メアちゃんの言《い》うことに本気《ほんき》で耳《みみ》をかたむけた？」

射《い》ぬくようなまっすぐな瞳《ひとみ》に、一瞬《いっしゅん》ひるんで目《め》をそらしてしまった。

(この瞳《ひとみ》――……。こいつの瞳《ひとみ》がおれは苦手《にがて》なんだ)

純粋《じゅんすい》で、まっすぐで、汚《けが》れない気持《きも》ちを向《む》けてくる黒《くろ》くかがやくこの瞳《ひとみ》が。

いつだって、どうしようもなくおれを居心地《いごこち》悪《わる》くさせる。

反射的《はんしゃてき》に目《め》をそらしたことが、なんだか負《ま》けたような気分《きぶん》になる。

メアと向《む》きあってこなかったことが図星《ずぼし》だなんて認《みと》めるのは、スラム街《がい》のリーダーとしてのプライドが許《ゆる》さなかった。

「たかが王《おう》になるための道具《どうぐ》に、おれたちのことをどうこう言《い》われたくねーんだよ。おまえは足手《あしで》まといだから、ここにかくれとけ」

モヤモヤした気持《きも》ちを言葉《ことば》に出《だ》してぶつけると、美羽《みう》は傷《きず》ついた顔《かお》をした。

「わたしは道具《どうぐ》なんかじゃない。カイトくん、ひどいよ……！」

八《や》つ当《あ》たりで言《い》った言葉《ことば》に言《い》いかえされて、おれの心《こころ》は晴《は》れるどころかいっそうモヤモヤした。

「うるせえな。同《おな》じようなもんだろ」

(クソッ。イライラする……！)

美羽《みう》を自分《じぶん》の家《いえ》である小屋《こや》に押《お》しこめて、外《そと》からつっかい棒《ぼう》であかないようにした。

それからグリムに言《い》って聞《き》かせる。

「美羽《みう》が逃《に》げないように見張《みは》っとけ。だれかが捜《さが》しにきても絶対《ぜったい》に渡《わた》すなよ」

スラム街《がい》の仲間《なかま》は、おれの命令《めいれい》に逆《さか》らわない。

グリムもわけがわからなかっただろうけれど、真剣《しんけん》な顔《かお》でコクリとうなずいた。

「わかった。カイト兄《にい》は？」

「おれはメアを捜《さが》す。変《へん》な連中《れんちゅう》とつるんで、悪《わる》いうわさ立《た》てられてるだけだろ。おれがきつく言《い》ってやるよ。ラヴ、出《で》てこい。メアのところに案内《あんない》しろ」

おれが呼《よ》ぶと、どこからかラヴがひょっこりすがたを現《あらわ》した。

ラヴはおそらくおれを呼《よ》びに人間界《にんげんかい》まできたんだから、逃《に》げずに待《ま》ってるはずだと思《おも》ったんだ。

「……そうだよね！　メアはカイト兄《にい》の言《い》うことなら絶対《ぜったい》だもんね！」

（ホントだよ。ゼルクたちといることが、おれの役《やく》に立《た》つわけねーことぐらいわかるだろ。なにやってるんだよ、メアは……）

6 わたしの知《し》らないカイトくん

小屋《こや》に閉《と》じこめられてひとりぼっちになると、不安《ふあん》な気持《きも》ちでいっぱいになった。

(どうしよう。わたしこれからどうなっちゃうの……? こわい……)

ユノちゃんと霧島《きりしま》くんがわたしの名前《なまえ》を呼《よ》んだ声《こえ》を思《おも》いだして、二人《ふたり》に会《あ》いたくなった。

(みんなわたしのことを心配《しんぱい》しているかも……。みんなのところへ帰《かえ》りたい……!)

カイトくんがわたしをさらおうとしている人《ひと》だってわかってた。

それでも最近《さいきん》はなにもしてこないし、クリスマスだって仲良《なかよ》く過《す》ごせたと思《おも》う。

だからわたしは少《すこ》し夢《ゆめ》を見《み》ちゃってたんだ。

カイトくんとも、仲良《なかよ》く過《す》ごせる未来《みらい》があるんじゃないかって。

それなのにカイトくんは、わたしのことをキラくんを王《おう》にするための道具《どうぐ》あつかいしたんだ。

仲良《なかよ》くなれてきたと思《おも》っていたのはわたしだけだったんだ！

ヴァンパイアと人間《にんげん》が仲良《なかよ》く暮《く》らせる世界《せかい》をつくることが、わたしの夢《ゆめ》なのに。

カイトくんとキラくんには、二人《ふたり》にしかわからない絆《きずな》がある。

（やっぱりわかりあうことはできないのかな……）

哀《かな》しい気持《きも》ちになっちゃうよ。

（だれもいないし心細《こころぼそ》いよ……。どうしよう）

胸元《むなもと》のペンダントを確認《かくにん》すると、石《いし》はずっしりと重《おも》たい灰色《はいいろ》に変《か》わってしまっていた。

つまんで持《も》ちあげてみたけれど、一筋《ひとすじ》の光《ひかり》も発《はっ》しない。

（霧島《きりしま》くんが魔界《まかい》にはいないから光《ひか》らないいんだよね……。当然《とうぜん》か……）

唯一《ゆいいつ》の希望《きぼう》もなくて、落《お》ちこむ。

前《まえ》に魔界《まかい》にきたときは、このペンダントが光《ひかり》を発《はっ》して、わたしの居場所《いばしょ》を霧島《きりしま》くんに教《おし》えてくれたんだ。

霧島《きりしま》くんは魔界《まかい》にはきていないんだと思《おも》う。

霧島《きりしま》くんの家《いえ》の鏡《かがみ》はクリスマスに使《つか》ったはずだから、みんなもかんたんには魔界《まかい》にこら

れないはずだった。

「……助《たす》けを待《ま》ってちゃダメだ。自分《じぶん》でなんとかしないと」

わたしはひとりごとをつぶやいた。

（ハイドくんはどうやって、公園《こうえん》の鏡《かがみ》を使《つか》えたんだろう……？）

ハイドくんのゆがんだ笑顔《えがお》を思《おも》いだしてゾーッとした。

わたしの血《ち》をぬくって言《い》ってたし、こわすぎる！

だからってこのままここにいたら、いつキラくんに引《ひ》きわたされるかわかったもんじゃない！

カイトくんはやっぱりキラくんを大切《たいせつ》に思《おも》ってるし、わたしのことを友《とも》だちとは思《おも》ってくれてないんだって、わかってしまったから。

カイトくんの家《いえ》はメアちゃんの家《いえ》とほとんど同《おな》じ造《つく》りだった。

木《き》でできた小《ちい》さな小屋《こや》には、タンスとベッドくらいしか家具《かぐ》がない。

窓《まど》すらなくて、出入《でい》りできるのは扉《とびら》しかなかった。

「えい……っ！」

扉《とびら》はあかなかったから、体当《たいあ》たりしてみる。

「いったーい……！」

木《き》でできた扉《とびら》はビクともしなくて、わたしの肩《かた》がものすごく痛《いた》くなった。

「どうしたの、お姉《ねえ》ちゃん⁉　大《おお》きな音《おと》がしたけど、だれかきてないよね⁉」

わたしが声《こえ》をあげると、扉《とびら》の向《む》こうからあせった声《こえ》が聞《き》こえた。

（見張《みは》りを言《い》いつけられたグリムくんが、扉《とびら》のすぐ向《む》こうにいるんだ！）

「え？　きてな――……、いやいや、きたかなあ？」

（どうにかあけてほしくて、ウソついちゃった！）

「……お姉《ねえ》ちゃん、ウソつきだ」

（すぐバレた！）

わたしは冷《ひ》や汗《あせ》をかいた。やっぱりウソはダメだ。

「ご、ごめん。だれもきてないよ。ねえ、ここをあけてくれない？　わたし家《いえ》に帰《かえ》らないといけないの」

「家《いえ》に帰《かえ》るのはダメだよ。カイト兄《にい》が見張《みは》っておけって言《い》ったもん。カイト兄《にい》の言《い》うことはいつだって正《ただ》しいんだ」

年下《としした》だから言《い》うことを聞《き》いてくれるんじゃないかな……、と思《おも》ってみたけどダメみたい。

カイトくんはスラム街《がい》の子《こ》たちに、すごく信頼《しんらい》されてるんだ。

わたしは扉《とびら》にコツンと額《ひたい》を当《あ》てて考《かんが》えこんだ。

しゃべってないと不安《ふあん》で、扉《とびら》ごしにグリムくんに話《はな》しかける。

「……ねえ、どうしてそんなにカイトくんのこと正《ただ》しいって思《おも》うの？　カイトくんだってまちがえることがあるかもしれないでしょ？」

ちょっと愚痴《ぐち》っぽく言《い》っちゃった。

だってわたしのこと道具《どうぐ》なんて言《い》うんだもん！

「正《ただ》しいよ。カイト兄《にい》がいなかったらおれたち生《い》きてなかったかもしれないんだよ？　カイト兄《にい》はスラムの仲間《なかま》のためだったら、命張《いのちは》ってくれるんだ」

「え？」

扉《とびら》ごしにグリムくんは一生懸命《いっしょうけんめい》話《はな》してくれた。

「メアがいっしょにいるゼルクってさ。年上《としうえ》ですっごく強《つよ》いんだ。最初《さいしょ》はカイト兄《にい》もかなわなくて、おれたち食《た》べものとられたりしてたんだよ」

わたしは眉《まゆ》をひそめた。

(小《ちい》さな子《こ》どもたちの食《た》べものをとるなんて、許《ゆる》せない！)

「そのたびにカイト兄《にい》はゼルクに挑《いど》むんだ。負《ま》けるってわかっててケンカしにいくのって、とってもこわいでしょ？　カイト兄《にい》は勇気《ゆうき》もあるんだ。すごいよ」

「……うん」

ケンカなんてしたことないからわからないけど。

普通《ふつう》にケンカするだけでもこわいのに、負《ま》けるってわかってたら、挑《いど》む勇気《ゆうき》なんて出《で》ないと思《おも》う。

「負《ま》けたらその次《つぎ》の日《ひ》もいくんだよ。どうしてかわかる？」

「……カイトくんが勇敢《ゆうかん》だから？」

「みんながカイト兄《にい》に助《たす》けてって言《い》うから、カイト兄《にい》は勝《か》つまで闘《たたか》うことをやめないんだ」

「……そう」

グリムくんは誇《ほこ》らしげに言《い》ったけれど、わたしは複《ふく》雑《ざつ》な気《き》持《も》ちになってしまった。

スラム街《がい》のリーダーってとっても大《たい》変《へん》だなって感《かん》じてしまったから。

わたしのクラス委《い》員《いん》とはくらべものにならないや。

「じゃあカイトくんがつらいときは、だれに助《たす》けてって言《い》うのかな……」

「えっ？」

「な、なんでもない、ごめんね」

わたしはあわててごまかした。

カイトくんたちの関《かん》係《けい》にわたしが口《くち》を出《だ》すことじゃない。

さっきもカイトくん、おこってたし。

だけどわたしは、胸《むね》がしめつけられたみたいに苦《くる》しかった。

「もしかして――！」

わたしはハッと気《き》づいて声《こえ》をあげた。

「どうしたの？　お姉《ねえ》ちゃん」

「カイトくんがここに連《つ》れてきたのって、わたしが助《たす》けてって言《い》ったから……？」

わたしはあのとき、ハイドくんにおびえるあまり助《たす》けてって叫《さけ》んだんだ。

カイトくんに対《たい》して言《い》ったつもりじゃなかった……っていうか、カイトくんがわたしを助《たす》けてくれるなんて思《おも》ってなかったからだけど。

グリムくんはうれしそうに声《こえ》をあげた。

「絶対《ぜったい》そうだよ！　カイト兄《にい》はだれよりも強《つよ》くてやさしいもん！」

（……わたし、カイトくんのことがよくわからなくなっちゃったよ）

わたしのことをキラくんに引《ひ》きわたそうとしているのがカイトくんだし、わたしのこと道具《どうぐ》だって言《い》うし、閉《と》じこめるし。

（だけどやっぱりカイトくんはわたしのこと、助《たす》けてくれたんだ……）

7 魔《ま》界《かい》のお城《しろ》

「……くしゅんっ」

暖房器具《だんぼうきぐ》もない小屋《こや》は寒《さむ》くて、くしゃみが出《で》ちゃった。

スラム街《がい》には一度《ど》メアちゃんにさらわれてきたことがあるけれど、ここって魔界《まかい》の中《なか》でも特《とく》に寒《さむ》い地域《ちいき》みたいなんだ。

わたしは霧島《きりしま》くんがくれたマフラーをギュッとにぎった。

みんなの心配《しんぱい》する顔《かお》が頭《あたま》に浮《う》かんだ。——霧島《きりしま》くんやみんなに会《あ》いたい……。

「お姉《ねえ》ちゃん寒《さむ》いの？　ちょっと待《ま》ってて」

グリムくんが小《ちい》さくそうつぶやいて、足音《あしおと》が遠《とお》ざかった。

扉《とびら》の前《まえ》からいなくなっちゃったみたい。

わたしはこのすきに扉《とびら》があかないかなと思《おも》って押《お》してみたけれど、ムダだった。

(見張《みは》りがいなくなってうれしいはずなのに、ひとりだと心細《こころぼそ》いな……)

グリムくんはいい子《こ》みたいだし、わたしが知《し》らないカイトくんの話《はなし》を聞《き》けてよかったって思《おも》う。だからもう少《すこ》し話《はな》していたかった。

そう思《おも》っていたとき小《ちい》さな足音《あしおと》が帰《かえ》ってきた。目《め》の前《まえ》の扉《とびら》がゆっくりと開《ひら》く。

あけてもらえると思《おも》わなかったわたしはビックリした。

扉《とびら》の向《む》こうにはあたたかいスープの入《はい》った器《うつわ》を持《も》ったチナちゃんがいた。

「はい、お姉《ねえ》ちゃん。これ飲《の》んで」

続《つづ》いてグリムくんが小屋《こや》の中《なか》に入《はい》ってくる。

木製《もくせい》のタンスをあけると、薄茶色《うすちゃいろ》のローブを引《ひ》っぱりだした。

「寒《さむ》いんでしょ？　これも着《き》て」

背《せ》のびしたグリムくんが、わたしの頭《あたま》からローブをかぶせる。

なにか動物《どうぶつ》の皮《かわ》のようなものでできたそれは、うすいのにとてもあたたかかった。

そういえばスラム街《がい》にいる子《こ》たちは、みんなこのフードつきのローブを着《き》てる。

(あったか～い……。って、これカイトくんのローブ!?)

カイトくんの森《もり》の香《かお》りがして、わたしはハッと気《き》づいた。

自分《じぶん》の着《き》ているのがカイトくんのローブだって確信《かくしん》すると、一気《いっき》にほおが熱《あつ》くなった。

(お、男《おとこ》の子《こ》の服《ふく》を借《か》りるなんて、恥《は》ずかしい……)

「どう？　あったかいでしょ。スープも飲《の》んで」

「あ、ありがとう……」

グリムくんが親切《しんせつ》にしてくれるから断《ことわ》ることもできなくて、わたしはカイトくんのローブを着《き》たまま、チナちゃんが渡《わた》してくれたスープを飲《の》んだ。

「どうして扉《とびら》をあけてくれたの？　服《ふく》も勝手《かって》に貸《か》したりして、カイトくんにおこられない？」

スープはきのこのやさしい味《あじ》がして、おなかがポカポカとあたたかくなった。

「どうして？　カイト兄《にい》ならこうするからだよ。同《おな》じようにしないとおれたちがおこられちゃうよ」

「ええっ……。そ、そうかな……」

カイトくんがわたしにそんなに親切《しんせつ》にしてくれるかどうかは自信《じしん》がなかった。

でもわたし以外《いがい》で、たとえば迷子《まいご》のヴァンパイアの子《こ》だったりしたら、きっとこんな風《ふう》にやさしくしてあげるんだろうな。

(グリムくんたちがこんなにいい子《こ》なのは、やっぱりカイトくんが根《ね》はやさしい人《ひと》だからなんだろうな……。そのやさしさがわたしに向《む》けられることはないのかもしれないけど)

そう考《かんが》えるとなんだかさみしい気持《きも》ちになった。

「あのね、グリムくん」

「なあに？　お姉《ねえ》ちゃん」

「カイトくんと同《おな》じようにわたしにやさしくしてくれるなら、カイトくんにもそうしてあげてほしいの」

「え？　どういうこと？」

「カイトくんが助《たす》けてくれるように、カイトくんのことも助《たす》けてあげてほしいの。わたしも、カイトくんが助《たす》けてくれたことと、グリムくんがやさしくしてくれたこと、同《おな》じようにカイトくんや他《ほか》の人《ひと》にもしてあげたいって思《おも》うんだ」

余計《よけい》なお世話《せわ》かもしれないけど、わたしはそんなことを口《くち》にしていた。

(カイトくんはきっと、まわりに助《たす》けをもとめられない環境《かんきょう》で生《い》きてきたんじゃないかな)

グリムくんは最初《さいしょ》ピンときていないみたいだったけれど、わたしが同《おな》じようにすると言《い》ったら真剣《しんけん》な顔《かお》でうなずいてくれた。

「わかった。おれは見張《みは》りに戻《もど》るね。扉《とびら》の外《そと》にいるからね」

もとめられたら助《たす》けてしまうカイトくんのやさしい性格《せいかく》を知《し》ってしまったから、わたしはこれ以上《いじょう》の迷惑《めいわく》をかけるのはやめようと思《おも》った。

グリムくんには悪《わる》いけど、スープを飲《の》んだらここを出《で》なくちゃ。

そう思《おも》っていた矢先《やさき》だった。

「わあああああっ」

小屋《こや》の外《そと》に出《で》たグリムくんの叫《さけ》び声《ごえ》が聞《き》こえた。

「グリムくんっ⁉　どうしたの⁉」

驚《おどろ》いて扉《とびら》をあけようとすると、向《む》こうから力《ちから》がくわわって扉《とびら》が勝手《かって》に開《ひら》いた。

扉《とびら》の向《む》こうにすがたをあらわしたのは、王子様《おうじさま》の恰好《かっこう》をした長身《ちょうしん》の男《おとこ》の人《ひと》だった。

郵　便　は　が　き

料金受取人払郵便

神田局承認

6612

差出有効期間
2025年
5月31日まで

101-8051

050

神田郵便局郵便私書箱4号

集英社みらい文庫

2025春読フェア係 行

4月刊

みらい文庫2025春読フェアプレゼント

抽選で「霧島くんは普通じゃない」限定図書カード(2,000円分) 200名に当たる!!

応募方法 このアンケートはがきに必要事項を記入し、帯の右下についている応募券を1枚貼って、お送りください。

発表：賞品の発送をもってかえさせていただきます。

しめきり：2025年5月31日(土)

ここに応募券を貼ってね！

みらい文庫 春読フェア プレゼント 2025 応募券 250531

ご住所(〒　　－　　) ☎　(　　)	
お名前	スマホを持っていますか？ はい ・ いいえ
学年（　　年）　年齢（　　歳）	性別（ 男 ・ 女 ・ その他 ）
この本（はがきの入っていた本）のタイトルを教えてください。	

いただいた感想やイラストを広告、HP、本の宣伝物で紹介してもいいですか？

1. 本名でOK　2. ペンネーム（　　　　）ならOK　3. いいえ

※お送りいただいた方の個人情報を、本企画以外の目的で利用することはありません。資料として処理後は、破棄いたします。

※差出有効期間を過ぎている場合は、切手を貼ってご投函ください。

これからの作品づくりの参考とさせていただきますので、下の質問にお答えください。

★ この本を何で知りましたか？

1. 書店で見て　2. 人のすすめ（友だち・親・その他）　3. ホームページ
4. 図書館で見て　5. 雑誌、新聞を見て（　　　　　）
6. みらい文庫にはさみ込まれている新刊案内チラシを見て
7. YouTube「みらい文庫ちゃんねる」で見て
8. その他（

★ この本を選んだ理由を教えてください。（いくつでもOK）

1. イラストが気に入って　2. タイトルが気に入って　3. あらすじを読んでおもしろそうだった　4. 好きな作家だから　5. 好きなジャンルだから
6. 人にすすめられて　7. その他（　　　　　）

★ 好きなマンガまたはアニメを教えてください。（いくつでもOK）

★ 好きなテレビ番組を教えてください。（いくつでもOK）

★ 好きなYouTubeチャンネルを教えてください。（いくつでもOK）

★ 好きなゲームを教えてください。（いくつでもOK）

★ 好きな有名人を教えてください。（いくつでもOK）

★ この本を読んだ感想、この本に出てくるキャラクターについて自由に書いてください。イラストもOKです♪

「ハ、ハイドくん……!?」

肩《かた》にかかる金色《きんいろ》のサラッとした髪《かみ》、あわいパープルの瞳《ひとみ》と高《たか》い鼻《はな》。

一見《いっけん》するとハイドくんは、童話《どうわ》に出《で》てくる王子様《おうじさま》のように華麗《かれい》だった。

わたしは悲鳴《ひめい》をあげて後《あと》ずさった。

追《お》いつめられるわたしを見《み》て、ハイドくんは楽《たの》しそうに笑《わら》った。

まるで小動物《しょうどうぶつ》をいたぶる肉食獣《にくしょくじゅう》のようなギラギラとした瞳《ひとみ》で。

「どうしてここがわかったの!?」

ハイドくんの肩《かた》には白《しろ》い羽《はね》ときらめく紫《むらさき》の目《め》が美《うつく》しい、フクロウのような鳥《とり》が乗《の》っていた。ハイドくんは肩《かた》に乗《の》っているその鳥《とり》へと顔《かお》をかたむける。

「場所《ばしょ》がわかったのはこいつのおかげだ。王家《おうけ》の使《つか》い魔《ま》で名《な》をオウルという。オウルは夕《ゆう》闇時《やみどき》にだけ千里眼《せんりがん》を使《つか》える。魔界《まかい》でも希少《きしょう》な鳥《とり》だ」

「せ、千里眼《せんりがん》……?」

「オウルがおまえを認識《にんしき》すれば、どこにいても居場所《いばしょ》はわかる。ゼルクのおかげでティアラの情報《じょうほう》が得《え》られたのは幸運《こううん》だった」

「な、なんでゼルクっていう人《ひと》の名前《なまえ》が出《で》てくるの……!?」

「ゼルクの部下《ぶか》の……たしか名前《なまえ》をメアとか言《い》ったな。ティアラの情報《じょうほう》を持《も》っているとは、スラムの小娘《こむすめ》にしては使《つか》えたな」

「メアちゃん……!?　メアちゃんからわたしのこと聞《き》いたの……!?」

わたしは悲鳴《ひめい》にも似《に》た声《こえ》で叫《さけ》んでいた。そして絶望的《ぜつぼうてき》な気持《きも》ちになった。

メアちゃんがわたしの情報《じょうほう》をゼルクやハイドくんに渡《わた》すなんて、メアちゃんはやっぱり、わたしに本気《ほんき》で消《き》えてほしいと願《ねが》っているんだ。

「では、ティアラ。おまえを城《しろ》へ招待《しょうたい》するとしよう。ティアラの血《ち》は極上《ごくじょう》の味《あじ》と聞《き》く。キバを立《た》てればぜんぶ飲《の》んでしまいそうだから、その前《まえ》にゼルクに採取《さいしゅ》させるか」

（どうしてスラム街《がい》のギャングであるゼルクって人《ひと》と、王子様《おうじさま》のハイドくんが知《し》り合《あ》いなの……？　情報《じょうほう》がたくさんすぎて、頭《あたま》が混乱《こんらん》するよ！）

ハイドくんは指《ゆび》の背《せ》でオウルの頭《あたま》をひとなでると、話《はな》しかけた。

「ゼルクに城《しろ》で待《ま》つと伝《つた》えろ、オウル」

オウルはその言葉《ことば》にしたがうように翼《つばさ》を大《おお》きく広《ひろ》げると、ハイドくんの肩《かた》から飛《と》びたった。

「美羽姉《みうねえ》ちゃんを連《つ》れていくな！　おれが相手《あいて》だ！」

そう言《い》ったグリムくんを、いきなりハイドくんは足《あし》でけりとばした。

それだけじゃない、ハイドくんの足《あし》が当《あ》たった瞬間《しゅんかん》、ものすごい爆発音《ばくはつおん》と爆風《ばくふう》でグリムくんは吹《ふ》っとばされてしまった。

「きゃあああっ！　グリムくんっ!!」

「スラムのガキを王族《おうぞく》のおれが相手《あいて》にするわけがないだろう。バカなのか？」

「な、なんてことするんですか!?」

吹《ふ》っとばされたグリムくんは、壊《こわ》れかけの家屋《かおく》に派手《はで》な音《おと》を立《た》てて、つっこんでしまった。

「ヴァンパイアは子《こ》どもといえど、あんなもので死《し》んだりしない。おぼえておけ」

グリムくんを助《たす》けにいこうとするわたしの肩《かた》を、ハイドくんがガシッとつかんだ。

「で、でもまるで爆発《ばくはつ》したようなすごい音《おと》がしたじゃない！　グリムくんになにしたの……っ!?」

動揺《どうよう》してふるえが止《と》まらないわたしを、ハイドくんが引《ひ》きずるようにして歩《ある》きだした。

「爆発《ばくはつ》したのはおれの魔力《まりょく》であってガキじゃない。だがおまえが言《い》うことを聞《き》かないなら、次《つぎ》はガキのからだに魔力《まりょく》を送《おく》りこんで爆発《ばくはつ》させるぞ」

（ま、魔力《まりょく》が爆発《ばくはつ》する……!?　それがハイドくんの能力《のうりょく》なの!?）

またださ。おびえるわたしの顔《かお》をのぞきこんで、ハイドくんはニィッと笑《わら》った。

この人《ひと》の瞳《ひとみ》は獲物《えもの》をもてあそぶ肉食獣《にくしょくじゅう》のようなかがやきが増《ま》す。

この人の瞳はこうして弱いものをいたぶっているときに、生き生きとかがやくんだ！

キラくんのおそろしさとはちがうこわさがハイドくんにはあった。

（こ、ころされちゃうの……!?　わたし……！）

「わ、わたしがティアラなんて証拠《しょうこ》、どこにもないから……っ」

ふるえる声《こえ》をしぼりだすようにそう言《い》ってみた。

けれどハイドくんは、おびえるわたしを見《み》てうれしそうにこう言《い》ったんだ。

「おまえがティアラじゃなかったとしても、キラのとってはおきにはちがいないんだろう？

おれが先《さき》に全部《ぜんぶ》血《ち》を飲《の》んでしまったら、アイツはさぞかしくやしがるだろうな？」

（ダメだ、なにを言《い》ってもハイドくんには通《つう》じない……！　ハイドくんはわたしがティアラじゃなくてもいいんだ……！）

わたしが絶望《ぜつぼう》の表情《ひょうじょう》を見《み》せるほど、ハイドくんは上機嫌《じょうきげん》になってしまう。

わたしは途方《とほう》に暮《く》れていた。

気《き》づいたら街《まち》のはずれまできていて、そこには真《ま》っ黒《くろ》な馬《うま》のような動物《どうぶつ》がいる。

わたしが知《し》っている馬《うま》よりも、ずっと大《おお》きい。

「おれの自慢《じまん》の黒馬《くろうま》だ。おまえも特別《とくべつ》に乗《の》せてやろう」

ハイドくんはわたしを小脇《こわき》に抱《かか》えたまま、ひらりと馬《うま》に飛《と》びのった。


「あんなじゃまが入《はい》るなら、はじめから鏡《かがみ》を城《しろ》の中《なか》に置《お》いておくんだったな」

ハイドくんに連《つ》れてこられたのは、城壁《じょうへき》にかくされた牢屋《ろうや》のような部屋《へや》だった。

「キラに見《み》つかると面倒《めんどう》だと思《おも》ったから草原《そうげん》に鏡《かがみ》を置《お》いたのに、まさかスラムのヴァンパイアに横《よこ》どりされるとは」

ブツブツと文句《もんく》を言《い》いながら、石《いし》でできた扉《とびら》を閉《し》める。

「ゼルクがくるまでに騒《さわ》いでキラに見《み》つかるなよ」

そう言《い》いのこして、ハイドくんはその場《ば》を離《はな》れてしまった。

かくし部屋《べや》のせいか目線《めせん》より少《すこ》し高《たか》い位置《いち》に、レンガ数個分《すうこぶん》をくりぬいた窓《まど》のような穴《あな》しかない。差《さ》しこむわずかな光《ひかり》がぼんやりと石《いし》の冷《つめ》たい部屋《へや》を照《て》らしていた。

もとから魔界《まかい》は昼間《ひるま》でも薄暗《うすぐら》いから、そんな中《なか》にひとりポツンととりのこされて、わたしはいよいよ不安《ふあん》で泣《な》きそうになっていた。

（ここで騒《さわ》いでキラくんに見《み》つかったら、キラくんに血《ち》を吸《す》われちゃうかもしれないし、こわい、こわいよ……）

騒《さわ》がなくてもゼルクというヴァンパイアに血《ち》をとられちゃったら、もうハイドくんがわたしを生《い》かしておく理由《りゆう》がなくなる。

（その前《まえ》になんとか逃《に》げなくちゃ！）

そう思《おも》ったけれど、石《いし》でできた壁《かべ》にも扉《とびら》にも、逃《に》げられるようなすきまはなかった。

8 助《たす》けにきてくれた

まさかキラくんのいるお城《しろ》にきてしまうなんて。

今《いま》までで一番《いちばん》、キラくんに近《ちか》づいてしまった。

キラくんには絶対《ぜったい》に見《み》つかりたくないのに！

（ハイドくんにさらわれてこんなところにいるなんて知《し》られたら、絶対《ぜったい》にまずいことになる予感《よかん》しかしない！）

もちろんハイドくんにも捕《つか》まりたくない。

キラくんの雷《かみなり》もおそろしいけれど、ハイドくんの爆発《ばくはつ》させる能力《のうりょく》もこわすぎる！

石《いし》でできた壁《かべ》のどこかが動《うご》かないか、慎重《しんちょう》に押《お》してみたけれどビクともしなかった。

明《あ》かりとりのすきまに指《ゆび》をかけたけれど、わたしの身長《しんちょう》じゃそこから外《そと》をのぞくこともできない。

指《ゆび》に力《ちから》をこめてけんすいのように自分《じぶん》のからだを持《も》ちあげようとしたけれど、指《ゆび》が痛《いた》くてとても無理《むり》だった。

「う……っ！」

ズルッと指《ゆび》がすべってしまい、しりもちをついて転《ころ》んじゃった。

「痛《いた》ぁ……」

指《ゆび》を見《み》ると爪《つめ》に血《ち》がにじんで、わたしは泣《な》きそうになった。

血《ち》が出《で》てしまったわたしは、すぐにポケットからバンソウコウをとりだして、指《ゆび》に巻《ま》きつけた。

わたしの血《ち》のにおいは甘《あま》く、ヴァンパイアを引《ひ》きつけちゃうらしい。

そんな状態《じょうたい》でヴァンパイアに会《あ》ったら、どんな目《め》にあうかわからない！

扉《とびら》以外《いがい》に出《で》られそうなところはなかった。

次《つぎ》に扉《とびら》が開《ひら》くのはきっと、ゼルクっていう人《ひと》がきたときなんだろう。

その一瞬《いっしゅん》のすきをついて逃《に》げるしかない。けれど。

（どうやったらお城《しろ》の外《そと》まで逃《に》げられるんだろう……）

お城《しろ》にいるかぎり、キラくんのそばにいるっていうことだ。

だけどどうしたら外《そと》に出《で》られるかなんて、わたしには想像《そうぞう》もつかなかった。

そのときドンッという地震《じしん》でもきたかのような衝撃《しょうげき》が部屋《へや》をおそって、外側《そとがわ》の石《いし》の壁《かべ》がガラガラとくずれおちた。そこからすごい勢《いきお》いの風《かぜ》がふきこんでくる。

「きゃあああっ」

わたしは悲鳴《ひめい》をあげて反対側《はんたいがわ》の壁《かべ》にはりついたけれど、壁《かべ》にぽっかりと穴《あな》があいた。

外《そと》の光《ひかり》が差《さ》しこんできて目《め》がくらむ。

粉《ふん》じんが舞《ま》いあがって外《そと》の景色《けしき》がよく見《み》えなかったけれど、だれかが外《そと》に立《た》っているのがわかった。

(も、もしかして霧島《きりしま》くん……!?)

一瞬《いっしゅん》、そう思《おも》っちゃったけれど、そこにいたのはなんとカイトくんだった。

カイトくんがつむじ風《かぜ》の能力《のうりょく》を使《つか》って、石《いし》の壁《かべ》をくずしたんだ!

「カイトくん!?」

わたしがつぶやくと同時《どうじ》にカイトくんは部屋《へや》へ入《はい》ってきて、わたしのうでをガシッとつかんだ。

「いくぞ」

その顔《かお》は真剣《しんけん》でせっぱつまっているように見《み》えて、わたしはうろたえた。

「え？　ど、どこへ？　キラくんのところだったらいやだよ！」

外《そと》へ引《ひ》きずりだされながら、わたしの足《あし》はブレーキをかけようと止《とど》まっていた。

カイトくんがスラム街《がい》の子《こ》たちにとっていいお兄《にい》ちゃんなのはわかったけれど、カイトくんはキラくんのことを心《こころ》から慕《した》ってるっていうことも知《し》ってる。

だからわたしを引《ひ》きわたすために、ここにきたのかもしれないって思《おも》ったんだ。

だけどカイトくんは不快《ふかい》そうに顔《かお》をゆがめると、さらに強《つよ》くわたしを引《ひ》っぱった。

「キラくんがくる前《まえ》に逃《に》げるぞ。つむじ風《かぜ》を使《つか》って城壁《じょうへき》を壊《こわ》したことがバレたらやべえ！」

「……え？」

思《おも》いもよらないカイトくんの言葉《ことば》に、わたしはポカンとしちゃった。

「な、なんでわたしの居場所《いばしょ》がわかったの……？」

わたしが聞《き》くとカイトくんは、あせったように早口《はやくち》で言《い》った。

「ここを通《とお》ったときおまえの血《ち》のにおいがしたから、居場所《いばしょ》がわかったんだ。それにハイドの使《つか》い魔《ま》の鳥《とり》がゼルクを呼《よ》びにきた！　先回《さきまわ》りして飛《と》んできたけど、もうすぐゼルクがくる！　おまえの血《ち》をぬきにな！」

「ひっ……、や、やだ……！」

「城《しろ》を出《で》るぞ！」

カイトくんはいつかのようにわたしのことをひょいと肩《かた》にかついで、城《しろ》の外《そと》にある森《もり》へと向《む》かって走《はし》りだした。

すべるように音《おと》もなく走《はし》るカイトくんの足元《あしもと》からは風《かぜ》の音《おと》がする。

わたしは落《お》ちないようにギュウッとカイトくんにしがみついた。

「空《そら》を飛《と》んだらキラくんに見《み》つかって雷《かみなり》で打《う》たれる。走《はし》るぞ」

カイトくんはそう言《い》うと、わたしをかついだまま城《しろ》の中庭《なかにわ》を横切《よこぎ》って走《はし》った。

「な、なんでキラくんがカイトくんを攻撃《こうげき》するの……？　仲間《なかま》じゃないの？」

わたしがとまどって聞《き》くと、カイトくんは首《くび》を振《ふ》った。

「キラくんはしばらくティアラに手《て》を出《だ》すなって言《い》ったんだ。美羽《みう》を連《つ》れてこんなところにいることがバレたら、絶対機嫌《ぜったいきげん》が悪《わる》くなる」

「えっ……」

わたしは絶句《ぜっく》した。

キラくんはいつもどこかやる気《き》がなさそうな態度《たいど》なの。

それなのにものすごく強《つよ》い能力《のうりょく》を突然使《とつぜんつか》うんだ！

そのキラくんが不機嫌《ふきげん》になって攻撃《こうげき》してくるなんて、考《かんが》えるだけでおそろしかった。

「ところでそのローブ、おれのか？」

「あ、ご、ごめんね。勝手《かって》に借《か》りちゃって」

「いや、ちょうどいい。かぶって顔《かお》をかくせ」

カイトくんは本気《ほんき》でキラくんを警戒《けいかい》しているらしく、わたしの頭《あたま》にすっぽりローブをかぶせた。それから中庭《なかにわ》に生《は》えている背《せ》の高《たか》い木《き》の陰《かげ》にかくれる。

カイトくんが木《き》の幹《みき》に身《み》をひそめたとき、わたしはカイトくんに話《はな》しかけた。

「あ、あの、カイトくん……。もしかして助《たす》けにきてくれたの……？」

（もしかしなくても、そうだよね？）

お礼《れい》を言《い》う前《まえ》に一応《いちおう》確認《かくにん》しようとしたら、カイトくんは顔《かお》を赤《あか》くしておこったように言《い》った。

「な、んなワケねーだろ！」

「え、だ、だって」

（思《おも》いきり否定《ひてい》されちゃった！　じゃあなんで今《いま》わたしを連《つ》れて逃《に》げてるの……？）

「もういいからおまえはだまっとけ。おれの頭《あたま》が混乱《こんらん》する」

「ええ⁉」

「おれだってワケわかんねーんだから！　走《はし》るぞ！」

そう言《い》うと同時《どうじ》にカイトくんが走《はし》りだしたから、わたしは舌《した》をかまないようにだまってカイトくんにしがみついた。


ボンッという爆発音《ばくはつおん》とともに、わたしとカイトくんは空中《くうちゅう》に吹《ふ》っとばされた。

カイトくんはわたしを抱《かか》えたまま器用《きよう》に着地《ちゃくち》したけれど、左足《ひだりあし》が地面《じめん》についたとたんにガクッと重心《じゅうしん》がくずれて転《ころ》んでしまった。

「カイトくん！　足《あし》！　ケガしてるの⁉」

カイトくんのズボンのすそから見《み》える足首《あしくび》に血《ち》が流《なが》れていた。

「なんだこれ……、だれかの能力《のうりょく》か……？　足元《あしもと》でなにか爆発《ばくはつ》した！」

カイトくんが痛《いた》みに顔《かお》をしかめながら、あたりを警戒《けいかい》する。

人影《ひとかげ》はなかったけれど、それがだれの能力《のうりょく》かなんてわたしにはすぐにわかった。

「ハイドくんだよ……！　魔力《まりょく》を爆発《ばくはつ》させるって言《い》ってた！」

カイトくんはチッと舌打《したう》ちをした。

「遠隔操作《えんかくそうさ》で爆発《ばくはつ》させてるのか。どっかにかくれてやがるな。……美羽《みう》、あそこの扉《とびら》をぬけたら城《しろ》の外《そと》へ出《で》られる」

「え？」

「おれがハイドを足止《あしど》めするから、美羽《みう》は城《しろ》の外《そと》へ出《で》ろ。外《そと》に出《で》たらセイを呼《よ》んで逃《に》げるんだ。……呼《よ》べるんだろ？　そのペンダントで」

わたしは頭《あたま》を横《よこ》に振《ふ》った。カイトくんはわたしのペンダントのことを知《し》っている。

目《め》の前《まえ》で霧島《きりしま》くんを呼《よ》んだことがあるんだ。でも。

「霧島《きりしま》くんが魔界《まかい》にいないと呼《よ》べないみたいなの……！　それに無茶《むちゃ》だよ。カイトくんケガしてるのに、ハイドくんと闘《たたか》うなんて！」

わたしが言《い》うとカイトくんはイラついたように、はあっと大《おお》きくため息《いき》を吐《つ》いた。

「だからっておまえが逃《に》げないでここにいたら意味《いみ》がないだろ。おれはおまえを助《たす》けにきたんだから！」

いかりをぶつけるような口調《くちょう》で言《い》われたけれど、わたしはカイトくんが言《い》った言葉《ことば》に衝撃《しょうげき》を受《う》けた。

（やっぱりカイトくん、わたしを助《たす》けにきてくれたんだ……！）

わたしはハンカチでカイトくんの足首《あしくび》の傷《きず》をギュッとしばると、ふるえる自分《じぶん》の足《あし》をパチンとたたいた。

（ふるえてる場合《ばあい》じゃない。わたしがなんとかしないと……、動《うご》け！　わたしの足《あし》！）

「なにしてるんだ」

「わ、わたしがひとりで逃《に》げるから、ハイドくんがわたしを追《お》ってる間《あいだ》にカイトくんは逃《に》げて！」

「は？　なに言《い》ってんだ。霧島《きりしま》三兄弟《きょうだい》もいないのにおれを逃《に》がして、おまえはどうする気《き》なんだ。なんの力《ちから》もないくせに」

なんの力《ちから》もない、そう言《い》われてショックだけれど、カイトくんは口《くち》が悪《わる》いだけで、助《たす》けてって言《い》う相手《あいて》をほうっておけない人《ひと》だって、もう知《し》ってしまった。

「たしかにわたしはなんの力《ちから》もないけど……！　でも、グリムくんに言《い》ったんだ」

「は？　グリムになに言《い》ったんだよ？」

いぶかしげににらまれたけれど、わたしはひるまず答《こた》えた。

「カイトくんを助《たす》けてあげてって。わたしも助《たす》けるって」

「はあ？」

「カイトくんはみんなを助《たす》けて、わたしまで助《たす》けてくれて立派《りっぱ》だけど、みんながカイトくんにたよってばかりだと、カイトくんがつらいときに助《たす》けてって言《い》えないんじゃないかなって思《おも》ったの。だからカイトくんがケガをしてる今《いま》は、わたしがカイトくんを助《たす》けたい
……！」

本当《ほんとう》ならメアちゃんがそばにいたら、カイトくんを助《たす》けようとするんだろうけれど、今《いま》はいない。

助《たす》けてもらったわたしが助《たす》けるなんて言《い》うの、おかしな話《はなし》だけれど。でも。

カイトくんはポカンとしたような表情《ひょうじょう》でこう言《い》った。

「なんでおまえは……、おれのこと助《たす》けようとするんだよ。おれはおまえのこと道具《どうぐ》って言《い》ったヴァンパイアだぞ」

「……それは、許《ゆる》せないよ。後《あと》でちゃんとあやまってほしい」

わたしが文句《もんく》を言《い》うと、カイトくんは苦虫《にがむし》をかみつぶしたような表情《ひょうじょう》になった。

「だけどカイトくんだってわたしのこと、助《たす》けにきてくれたじゃん。ヴァンパイアだからとか、人間《にんげん》だからとか関係《かんけい》ないよ。カイトくん、本当《ほんとう》はやさしいよね？　わたしはカイトくんとも仲良《なかよ》くできる未来《みらい》があってほしいもん……！」

「おれとおまえが仲良《なかよ》く……？　おまえは本当《ほんとう》におれの常識《じょうしき》をぶっこわしにくるよな」

カイトくんはそうつぶやいて、だまってしまった。

(やっぱり、人間《にんげん》のわたしが助《たす》けるなんて言《い》っても迷惑《めいわく》なのかな……)

けれどカイトくんは、なにかを決意《けつい》したかのように空《そら》を見《み》あげた。

「カイトくん……？」

「おまえのこと渡《わた》したくなくなりそう」

聞《き》きとれないような小《ちい》さな声《こえ》でなにかつぶやくと、カイトくんはグッと痛《いた》みに耐《た》えて足《あし》に力《ちから》を入《い》れた。

「え？」

なにをするつもりなんだろう、と思《おも》うとカイトくんのうでがのびてきて、再《ふたた》びわたしのウエストに回《まわ》された。

「カイトく……」

「巻《ま》きおこれ！　旋風《せんぷう》！」

カイトくんが手《て》のひらを下《した》にかざして叫《さけ》ぶと、ものすごい圧《あつ》の風《かぜ》が起《お》こって、わたしたちは空《そら》へと舞《ま》いあがっていた。

9 ティアラの血《ち》の能力《のうりょく》

「きゃあああああっ。カイトくん、なにするのっ！」

「ハイドを見《み》つけだして、ぶったおす！」

「わ、わたしはべつの方向《ほうこう》に逃《に》げるって言《い》ったじゃん。わたしのこと連《つ》れてたら、またハイドくんにねらわれちゃうよ！」

「おれがおまえを助《たす》けるって決《き》めたんだ！　風の刃《ウインドブレード》！」

カイトくんはわたしを抱《かか》えていない方《ほう》の手《て》で、ブーメランを投《な》げるように魔力《まりょく》をはなった。カイトくんの手《て》から生《う》まれたつむじ風《かぜ》の刃《やいば》が、中庭《なかにわ》の木《き》に向《む》かって飛《と》んでいく。

「うわあっ」

バサバサと中庭《なかにわ》の木《き》が何本《なんぼん》もなぎたおされて、その中《なか》からハイドくんが飛《と》びだした。

（ハイドくん、中庭《なかにわ》の木《き》にかくれてたんだ！）

「貴様《きさま》っ。王城《おうじょう》の庭《にわ》を破壊《はかい》するとは、なんたる無礼《ぶれい》だ……！」

ハイドくんは空《そら》を飛《と》んでいるわたしたちをにらみつけると、両手《りょうて》をかかげた。

(爆発《ばくはつ》の能力《のうりょく》を使《つか》う気《き》だ！)

カイトくんがサッと足元《あしもと》に手《て》をかざしてつむじ風《かぜ》を消《け》すと、わたしたちは一気《いっき》に降下《こうか》した。

「ひゃあああああっ！」

――もう悲鳴《ひめい》しか出《で》ない！

カイトくんは足《あし》をケガしてるのに、闘《たたか》うつもりなんだ！

片足《かたあし》で着地《ちゃくち》したカイトくんは、衝撃《しょうげき》で少《すこ》しよろけた。

だけどわたしをつきとばすように遠《とお》くへ押《お》しやって、ハイドくんに飛《と》びかかった。

「ハイドのすがたさえ見《み》えてれば、おれが負《ま》けるか！」

カイトくんがつむじ風《かぜ》を発生《はっせい》させた拳《こぶし》でなぐりかかると、ハイドくんは両手《りょうて》でガードしながら後《うし》ろに吹《ふ》っとんだ。ドカンと城壁《じょうへき》に背中《せなか》からつっこんで、石《いし》の壁《かべ》がガラガラとくずれる。地面《じめん》に落《お》ちたハイドくんは片《かた》ひざをついたけれど、すぐに立《た》ちあがった。

「王族《おうぞく》のおれにひざをつかせるとは、許《ゆる》せん！　死《し》をもってつぐなえ！」

ハイドくんが叫《さけ》ぶと同時《どうじ》に、カイトくんの足元《あしもと》がまた爆発《ばくはつ》した。

爆風《ばくふう》で足元《あしもと》の砂《すな》が飛《と》んできて、思《おも》わず目《め》をつぶる。

頭《あたま》からかぶっていたローブが風《かぜ》にあおられて飛《と》んでいく。砂粒《すなつぶ》が顔《かお》に当《あ》たって痛《いた》かった。

(痛《いた》い……！　ハイドくんが反撃《はんげき》したの!?　……あんな距離《きょり》から!?)

「クソッ……！　遠《とお》くから爆発《ばくはつ》させられるのか！」

よろけながらカイトくんは、歯《は》をくいしばった。

(両足《りょうあし》から血《ち》が出《で》てる……！　ケガをしてる足《あし》をねらうなんてひきょう者《もの》！)

思《おも》わずカイトくんへと駆《か》け寄《よ》って、からだを支《ささ》える。

「カイトくん！」

「バカ、出《で》てくんな！」

「カイトくん、無茶《むちゃ》だよ。わたしのせいで足《あし》ケガしてるのに闘《たたか》うなんて……！」

涙《なみだ》がポロポロこぼれてしまう。

カイトくんはひとりなら逃《に》げられるのに、わたしのために闘《たたか》おうとしてるんだ。

けれど突然《とつぜん》、カイトくんがガクッとひざからくずれた。

「え、カイトくんどうしたの⁉」

「おまえの血《ち》のにおいが……」

カイトくんが口元《くちもと》を押《お》さえて、衝動《しょうどう》をこらえるようにうずくまった。

わたしがハッとしてほおに手《て》を当《あ》てると、血《ち》がついていた。

(さっきの爆風《ばくふう》で、ほおに石《いし》が当《あ》たったんだ！)

カイトくんはわたしの血《ち》を飲《の》みたいっていう衝動《しょうどう》を、おさえているんだ……！

(どうしよう、どうしたらいいの……⁉)

「なんだこのかぐわしい甘《あま》い血《ち》の香《かお》りは……」

低《ひく》い声《こえ》にハッとして振《ふ》りかえると、パープルの瞳《ひとみ》をギラつかせたハイドくんが、フラフラとこちらへ近寄《ちかよ》ってくるところだった。

ハアハアと息《いき》を荒《あら》くした口元《くちもと》からは、とがったキバがのぞいている。

「ヒッ……！」

その様子《ようす》は正《まさ》に血《ち》をもとめるヴァンパイアで、わたしは恐怖《きょうふ》で固《かた》まってしまった。

そんなハイドくんの様子《ようす》を見《み》て、カイトくんはいまいましそうに言《い》った。

「ティアラの血《ち》を吸《す》うのもがまんする気《き》なしかよ……。理性《りせい》のカケラもないなんて、とんでもねー王子《おうじ》だな……」

(どうしようわたし、ハイドくんに血《ち》を吸《す》われちゃうの⁉　こわい――……！)

絶望《ぜつぼう》で目《め》の前《まえ》が真《ま》っ暗《くら》になりそうだった。

そんなわたしを見《み》たカイトくんは、苦《くる》しそうに顔《かお》をゆがめて、わたしに言《い》った。

「――悪《わる》い、美羽《みう》」

「え？」

「これは賭《か》けだ」

わたしのうでをぐいっと引《ひ》いて近《ちか》づけると、カイトくんのきれいな顔《かお》がすぐ目《め》の前《まえ》にあった。

「え――……？」

カイトくんはくちびるをわたしのほおに寄《よ》せると、ほおに流《なが》れた血《ち》をペロリとひとなめした。

思《おも》わずバッと後《うし》ろとびでカイトくんから離《はな》れて、ほおを押《お》さえる。

心臓《しんぞう》がドッドッと大《おお》きな音《おと》で鳴《な》っていた。

「な……っ、なっ……」

(なめられた――!?)

その事実《じじつ》を頭《あたま》で理解《りかい》するのと同時《どうじ》に、目《め》の前《まえ》のカイトくんのからだが光《ひか》りだした。

「まぶしいっ！　なんだこれは――！」

ハイドくんの動揺《どうよう》した声《こえ》が聞《き》こえる。

信《しん》じられない思《おも》いでカイトくんを見《み》ていたわたしは、次《つぎ》の瞬間《しゅんかん》にはカイトくんに抱《かか》えられて空高《そらたか》く舞《ま》いあがっていた。

カイトくんのまわりを光《ひかり》の粒《つぶ》が舞《ま》っている。

この光景《こうけい》をわたしは何度《なんど》も見《み》たことがあった。

そう、これは霧島《きりしま》くんがわたしの血《ち》を飲《の》んだときと同《おな》じ――。

「重力《ウインドプレッシャー》！」

「ぎゃっ！」

カイトくんが叫《さけ》んで片手《かたて》を下《した》にかざすと、ハイドくんがなにかにつぶされたように、べしゃっとうつぶせにたおれてしまった。

「く、苦《くる》しい……！　だれか……っ」

見《み》えない圧力《あつりょく》に押《お》されてるらしく、ハイドくんのまわりの地面《じめん》がハイドくんごとボコッとへこむ。その力《ちから》の強《つよ》さにわたしは驚《おどろ》いて叫《さけ》んでしまった。

「ちょ、ちょっとカイトくん……、ハイドくんがつぶれちゃうよ！」

ピュンッと空気《くうき》を裂《さ》くような音《おと》が聞《き》こえたかと思《おも》うと、まぶしい光《ひかり》の筋《すじ》が目《め》の前《まえ》を通《とお》りすぎた。

「うわっ」

それはカイトくんのほおギリギリを通《とお》っただけで当《あ》たっていないのに、カイトくんは衝《しょう》撃《げき》で体勢《たいせい》をくずした。パッと見《み》ると、カイトくんのほおから血《ち》が流《なが》れている。

「きゃあ！　カイトくん!!」

よろめいて落《お》とされそうになったわたしは、必死《ひっし》でカイトくんにしがみついた。

カイトくんも両手《りょうて》でわたしを支《ささ》えてくれて、わたしはなんとか落《お》ちずにすんだ。

「やっぱり出《で》てきたか……、──キラくん」

カイトくんが苦笑《にがわら》いをして、王城《おうじょう》の方《ほう》を見《み》ている。

カイトくんの視線《しせん》の先《さき》を見《み》ると、そこには王城《おうじょう》の三階《かい》のバルコニーに立《た》ってわたしたちを見《み》ているキラくんがいた。

サラサラとしたくせのない金髪《きんぱつ》、とおった鼻筋《はなすじ》に形《かたち》のよいくちびる。

そして、闇《やみ》に吸《す》いこまれそうにきらめく紫黒《しこく》の瞳《ひとみ》。

顔《かお》だちはハイドくんにそっくりなのに、キラくんからはなぜか、人間《にんげん》ばなれした美《うつく》しさを感《かん》じる。

それはキラくんがだれよりも強《つよ》い存在感《そんざいかん》のある、まがまがしいオーラをはなっているせいかもしれない。

ハイドくんだっておそろしい能力《のうりょく》を使《つか》うヴァンパイアなのに、やっぱりキラくんに感《かん》じる恐怖《きょうふ》は異次元《いじげん》だった。

紫黒《しこく》の瞳《ひとみ》がわたしたちを見《み》てる。キラくんは無表情《むひょうじょう》のままカイトくんに問《と》いかけた。

「カイトおまえ――、ティアラの血《ち》を飲《の》んだな？」

冷《つめ》たい声《こえ》でキラくんにそう言《い》われて、恐怖《きょうふ》はよりいっそう強《つよ》くなった。

(やっぱりカイトくんのこのおそろしい能力《のうりょく》は、わたしの血《ち》のせいなの――!?　どうしよう、キラくんはカイトくんにおこってる……？)

カイトくんもキラくんに言《い》われたら、わたしのことを差《さ》しだすのかもしれない。

悪《わる》い方《ほう》にしか想像《そうぞう》できなくて、わたしは泣《な》きそうになった。

だけどカイトくんは、わたしを抱《だ》くうでにグッと力《ちから》をこめて言《い》ったんだ。

「……悪《わる》いけどキラくん、今《いま》はアンタの命令《めいれい》を受《う》けてない」

(カイトくん……!?　わたしのこと引《ひ》きわたさないの？)

わたしが目《め》を丸《まる》くしていると、ピュンッとまた光《ひかり》が目《め》の前《まえ》を走《はし》った。

パッとさっきとは反対側《はんたいがわ》のほおをかすめて、カイトくんの血《ち》が流《なが》れる。

「きゃあ！　キラくん、やめてっ!!」

キラくんが銀《ぎん》のバングルと指輪《ゆびわ》をしている手《て》を、ピストルの形《かたち》にしてこちらに向《む》けていた。あの指先《ゆびさき》に雷《かみなり》が集《あつ》まってきたんだ。

(このまぶしくて細《ほそ》い光《ひかり》の線《せん》は、キラくんの雷《かみなり》なんだ！)

「ティアラの血《ち》を飲《の》んでおれを裏切《うらぎ》る気《き》か――？　カイト」

キラくんは首《くび》をかしげると、カイトくんに聞《き》いた。

カイトくんはバツが悪《わる》そうにキラくんから視線《しせん》をそらした。

「ティアラの血《ち》を飲《の》んで新《あら》たな能力《のうりょく》を手《て》にしたら、このおれに勝《か》てると思《おも》ったのか？」

「つ、そんなこと思《おも》ってない！」

カイトくんは必死《ひっし》でキラくんにうったえたけれど、キラくんは不快《ふかい》そうに瞳《ひとみ》を細《ほそ》めただけだった。

カイトくんのからだから落《お》ちる光《ひかり》の粒《つぶ》の量《りょう》が減《へ》って、わたしはカイトくんのからだのかがやきが失《うしな》われはじめていることに気《き》づいた。

わたしはそのとき、霧島《きりしま》くんがわたしの血《ち》を飲《の》んだときに言《い》っていた言葉《ことば》を思《おも》いだした。

――『力《ちから》を使《つか》いたいって強《つよ》く思《おも》っていないと、持続《じぞく》できないみたいなんだ』

あっという間《ま》にカイトくんのからだの光《ひかり》はなくなってしまった。

(カイトくんがキラくんと闘《たたか》いたいと思《おも》っていないから……？)

くっついてるからだから、カイトくんのはやい鼓動《こどう》が伝《つた》わってくる。

(どうしよう。どうしたらいいんだろう……。カイトくんはキラくんを裏切《うらぎ》ろうとしたわけじゃないのに……)

カイトくんがこのままわたしを差《さ》しだしたらと思《おも》うとおそろしかったけれど、それでも慕《した》っているはずのキラくんとカイトくんが闘《たたか》うことになるのはいやだった。

だからカイトくんが闘《たたか》う気《き》がないことが、キラくんにも伝《つた》わってほしかった。

キラくんは光《ひかり》を失《うしな》っていくカイトくんをじっと見《み》ていたけれど、やがてめんどくさそうに口《くち》を開《ひら》いた。

「……おれは今《いま》ものすごく機《き》嫌《げん》が悪《わる》い。昼寝《ひるね》しているうちにセレインを持《も》ちだしたバカがいるからな」

「え……、え？」

(セレインって……、魔界《まかい》と人間界《にんげんかい》をつなぐ能力《のうりょく》を持《も》った使《つか》い魔《ま》のこと⁉)

なにを言《い》いだしたのかわからなくてとまどっていると、キラくんはわたしたちに向《む》けていた指先《ゆびさき》を、そのまま空《そら》へと向《む》けた。

あっという間《ま》に空《そら》に灰色《はいいろ》の雲《くも》が集《あつ》まって、バリバリと稲光《いなびかり》が見《み》えはじめる。

（キラくんが雷《かみなり》を呼《よ》びよせてる……！　あんな強《つよ》い雷《かみなり》に打《う》たれたら、わたしたち死《し》んじゃう!!）

わたしはとっさにカイトくんのからだをよじのぼるようにして、カイトくんの頭《あたま》を自分《じぶん》の胸《むね》に抱《だ》きこんだ。

「うわっ！　なにすんだ、美羽《みう》！」

カイトくんがバランスをくずして叫《さけ》んだけれど、わたしはカイトくんの頭《あたま》を離《はな》さなかった。カイトくんのからだはもう完全《かんぜん》に光《ひかり》を失《うしな》っている。

（キラくんの雷《かみなり》に打《う》たれたら、死《し》んじゃうかもしれない……！）

「や、やめてキラくん！　カイトくんに雷《かみなり》を落《お》とさないで!!　このまま落《お》としたら、わたしまで死《し》んじゃうよ!!」

キラくんがわたしという存在《そんざい》に、どこまで執着《しゅうちゃく》してるかわからない。

さっきは手加減《てかげん》していたとはいえ、わたしたちを撃《う》ってきたし。

なに言《い》ってんだって笑《わら》われそう。

でも他《ほか》に方法《ほうほう》なんて思《おも》いつかなかった。

キラくんはそんなわたしたちを無視《むし》して、天《てん》にかかげた指先《ゆびさき》に雷《かみなり》を集《あつ》めた。

「……天の裁き《トニトルス》」

キラくんが口《くち》にすると、稲妻《いなづま》が走《はし》って天《てん》から雷《かみなり》が落《お》ちた。

「うわぁっ！」

バリバリと空間《くうかん》の裂《さ》けるような大《おお》きな音《おと》がして、まぶしすぎる光《ひかり》に目《め》がくらむ。

ドォンと雷《かみなり》が落《お》ちた衝撃《しょうげき》が伝《つた》わって、わたしはカイトくんもろとも飛《と》ばされかかった。

けれど叫《さけ》んだのは、わたしでもカイトくんでもなかったんだ。

目《め》がなれて見《み》えるようになると、眼下《がんか》にカイトくんがなぎたおした中庭《なかにわ》の木《き》がメラメラと燃《も》えているのが見《み》えた。そしてそばにはほおのすけたハイドくんがたおれていた。

「な、な、なに……!?　なんで……!?」

(キラくんがハイドくんを気絶《きぜつ》させちゃったの……？　なんで!?)

キラくんはわたしたちじゃなくて、中庭《なかにわ》にいたハイドくんめがけて雷《かみなり》を落《お》としたんだ！

「キラくんのセレインを勝手《かって》に使《つか》って、ハイドが人間界《にんげんかい》への扉《とびら》を開《ひら》いたからか……！　それであのとき、使《つか》えないはずの公園《こうえん》の鏡《かがみ》が光《ひか》ったんだ」

カイトくんがそうつぶやいて、わたしはやっと状況《じょうきょう》を理解《りかい》した。

（そうだ、使《つか》えないはずの公園《こうえん》の鏡《かがみ》が光《ひか》ったから、わたしたちはあのとき魔界《まかい》に引《ひ》きこまれちゃったんだ……！）

それがまさか、キラくんの使《つか》い魔《ま》をハイドくんが勝手《かって》に使《つか》っていたせいだったなんて！

庭《にわ》の木《き》に火《ひ》がついたことで王城《おうじょう》はにわかに騒《さわ》がしくなり、城《しろ》からたくさんヴァンパイアが出《で》てきた。

バタバタと火《ひ》を消《け》そうとしているのが見《み》える。

カイトくんが、ヴァンパイアたちからかくすように、わたしを抱《だ》くうでに力《ちから》をこめた。

「きゃっ」

「しっ、だまってろ」

今度《こんど》はカイトくんが、わたしの頭《あたま》を抱《だ》きこんだ。

上空《じょうくう》にいるわたしたちのことは、まだだれも気《き》づいていないようだった。

（そうだ、こんなにたくさんのヴァンパイアに見《み》つかったら、どんな目《め》にあわされるかわ

からない！）

わたしが見《み》つからないように縮《ちぢ》こまっていると、庭《にわ》に出《で》てきたヴァンパイアのひとりが、
バルコニーにいるキラくんに向《む》かって叫《さけ》んだ。

「キラさま！　城《しろ》を破壊《はかい》するのはもうやめてください……！　由緒《ゆいしょ》ある王城《おうじょう》がこのままで
はなくなってしまいます！　って、ああああ！　ハイドさま！」

たおれているハイドくんに気《き》づいて、中庭《なかにわ》のみんなはますます騒《さわ》いでいる。

キラくんはそれをしらけた目《め》で見《み》ていた。

（やっぱりキラくんって、とんでもない人《ひと》なんだ……。大人《おとな》におこられても平気《へいき》なんだ）

「あっ、貴様《きさま》らスラム街《がい》のガキだな！　キラさま、スラムのヴァンパイアに目《め》をかけるの
はもうおやめください！」

だれかが上空《じょうくう》にいるわたしたちに気《き》づいて声《こえ》をあげた。

（……どうしよう。わたしがティアラかもしれないって気《き》づかれちゃう⁉）

目《め》をつけられたことがこわくて、カイトくんのからだにギュッとしがみついた。

今《いま》でもカイトくんの気《き》が変《か》わって、わたしをキラくんに差《さ》しだすかもしれないのに。

けれどカイトくんはわたしを引《ひ》きはがすことはせずに、同《おな》じだけ力《ちから》をこめてわたしのことを抱《だ》きしめてくれた。

(やっぱりカイトくんは、本当《ほんとう》はやさしい人《ひと》なんだ……)

チッとキラくんがつまらなそうに舌打《したう》ちをしたのがわかった。

カイトくんがうかがうように、キラくんに話《はな》しかける。

「あの、キラくん。大騒《おおさわ》ぎになってきたから、今日《きょう》のところは……」

「城《しろ》のやつらに気《き》づかれる前《まえ》にティアラをかくせ。儀式《ぎしき》のときまではここに連《つ》れてくるな」

不機嫌《ふきげん》なキラくんが、カイトくんの言葉《ことば》にかぶせるように言《い》ったのが聞《き》こえた。

10 わたしを呼《よ》ぶ光《ひかり》

（わたしの血《ち》をなめたカイトくんまでもが、能力《のうりょく》が飛躍的《ひやくてき》にあがったなんて！　わたしって、本当《ほんとう》に【特別《とくべつ》な血《ち》】だったの――!?）

さっきの光《ひかり》に包《つつ》まれたカイトくんが脳裏《のうり》によみがえって、頭《あたま》の中《なか》がグルグルと混乱《こんらん》する。

目《め》の前《まえ》で起《お》こったできごとなのに、まだ信《しん》じられない。

カイトくんは光《ひかり》を失《うしな》って、元《もと》の状態《じょうたい》に戻《もど》ったようだった。

わたしを抱《かか》えて飛《と》んでいるけれど、フラフラとあがったりさがったりする。

急《きゅう》にバランスをくずして、わたしたちはガクンと下降《かこう》してしまった。

「ひゃあ！　カ、カイトくん、大丈夫《だいじょうぶ》!?　もしかして足《あし》が痛《いた》いの……!?」

「……だまってろ」

最初《さいしょ》はそう言《い》って強《つよ》がっていたカイトくんだったけれど、お城《しろ》からだいぶ離《はな》れたところで、ついに飛《と》べなくなって地面《じめん》に着地《ちゃくち》してしまった。

「カイトくん……っ！」

その場《ば》に座《すわ》りこんでしまったカイトくんに、わたしはどうしたらいいのかわからずに呼《よ》びかけた。カイトくんはこんなにボロボロになってまで、わたしを助《たす》けることを選《えら》んでくれたんだ。

「……ここまでくれば大丈夫《だいじょうぶ》だろ。ハイドが気絶《きぜつ》してる以上《いじょう》はゼルクも勝手《かって》には動《うご》けないはずだ。まさか王族《おうぞく》のハイドが、スラムのギャングであるゼルクたちとつながってるとは思《おも》わなかったがな。ハイドはおれたちスラムのヴァンパイアをバカにしていたはずなのに」

カイトくんはいかりととまどいが混《ま》ざったような表情《ひょうじょう》をしていた。

そうだ。ハイドくんの使《つか》い魔《ま》のオウルがゼルクを呼《よ》びにいったから、カイトくんはわたしがさらわれたことに気《き》づいて助《たす》けにきてくれたんだ。

「ゼルクって、どういう人《ひと》なの……？　わ、わたしの血《ち》をぬくって……」

「ああ。ゼルクは血《ち》をあやつる能力《のうりょく》を持《も》ったヴァンパイアだ。ぬいた血《ち》を新鮮《しんせん》な状態《じょうたい》に保《たも》てるらしい。魔界《まかい》のヴァンパイアの血《ち》をぬいて、こっそり人間《にんげん》たちに横流《よこなが》ししてるのはアイツだったんだ。そんなきな臭《くさ》いやつと知《し》り合《あ》いなんて、ハイドもろくな王子《おうじ》じゃないな」

「血《ち》をあやつる能力《のうりょく》……!?」

思《おも》わず血《ち》をぬかれてミイラになった自分《じぶん》を想像《そうぞう》して、ゾーッとした。

「ゼルクが人間《にんげん》にヴァンパイアの血《ち》を売《う》ってるとしたら、ヴァンパイアに対《たい》する裏切《うらぎ》りだ！　スラムの連中《れんちゅう》も被害《ひがい》にあってるらしいし、絶対《ぜったい》に見過《みす》ごせない！　そこにいるメアも……」

カイトくんはメアちゃんの名前《なまえ》を口《くち》にすると、苦《くる》しそうにギュッとくちびるをかんだ。

「……メアちゃんと会《あ》えたの？」

「いや、ゼルクがじゃましてきたから会《あ》えなかった。メアの、夢《ゆめ》に入《はい》りこむ能力《のうりょく》がヴァンパイアの血《ち》を採取《さいしゅ》するのに役立《やくだ》つんだってゼルクが言《い》ってた。メアが仲間《なかま》を裏切《うらぎ》るなんて、おれは信《しん》じられない……！」

カイトくんはひざを立《た》てて座《すわ》ると、額《ひたい》をそこにつけて顔《かお》をかくすようにうずくまってしまった。

小《ちい》さなころからいっしょにいたメアちゃんが裏切《うらぎ》るなんて、カイトくんは今《いま》どんなにつらい思《おも》いでいるんだろう。

胸《むね》がしめつけられるように苦《くる》しかった。

（わたしのせいかもしれない……）

だってメアちゃんがカイトくんから離《はな》れたのは、カイトくんがわたしにかまうのがつらくて見《み》ていられなかったからだ。

それはわたしがティアラかもしれないからであって、恋愛感情《れんあいかんじょう》じゃないのに。

（どうしていいかわからないよ……）

カイトくんの足首《あしくび》に巻《ま》いたハンカチが血《ち》で染《そ》まっているのに気《き》づいた。

傷《きず》が深《ふか》いんだ！

（とにかくカイトくんを安全《あんぜん》な場所《ばしょ》へ連《つ》れていかないと……！）

そのときなにか強《つよ》い力《ちから》に引《ひ》かれたような気《き》がして、わたしは空《そら》を見《み》あげた。

「あ……っ」

遠《とお》くから陽《ひ》の光《ひかり》がさすように、一筋《ひとすじ》の力強《ちからづよ》い光《ひかり》が見《み》える。

それはわたしのもとへとまっすぐにさしこんできて、ペンダントに届《とど》いた。

(この光《ひかり》……！　霧島《きりしま》くん⁉)

わたしはビックリした。

これまでペンダントで霧島《きりしま》くんを呼《よ》ぶのは、いつでもわたしの方《ほう》だった。

わたしに危険《きけん》が迫《せま》ると、無意識《むいしき》に霧島《きりしま》くんに助《たす》けをもとめてしまうから。

でも今《いま》は、霧島《きりしま》くんがペンダントを光《ひか》らせたんだ！

(いったいどうして……？　まさか霧島《きりしま》くんになにかあったんじゃ……)

心配《しんぱい》でたまらなくなる。

(霧島《きりしま》くんが魔界《まかい》にきてるんだ！)

わたしはペンダントをギュッとにぎりしめた。

(霧島《きりしま》くんに会《あ》いたい……！)

そう強《つよ》く願《ねが》った次《つぎ》の瞬間《しゅんかん》、ペンダントの光《ひかり》が霧島《きりしま》くんと引《ひ》きあうように強《つよ》くかがやきだした。

そしてなんと、霧島《きりしま》くんが空《そら》から降《ふ》ってきた。

「――日向《ひなた》！」

「えっ⁉　き、霧島《きりしま》くん⁉」

霧島《きりしま》くんはジャンプ力《りょく》はすごいけれど、カイトくんみたいに空《そら》を飛《と》べるわけじゃない。

霧島《きりしま》くんは飛《と》んでるんじゃなくて、空《そら》から落下《らっか》してる――！

あせったわたしは霧島《きりしま》くんを受《う》けとめようとしたけれど、身体能力《しんたいのうりょく》の高《たか》い霧島《きりしま》くんはからだをひねってうまく地面《じめん》に着地《ちゃくち》した。

「霧島《きりしま》くん、大丈夫《だいじょうぶ》⁉」

わたしが霧島《きりしま》くんに駆《か》け寄《よ》ると、同時《どうじ》に霧島《きりしま》くんもわたしに駆《か》け寄《よ》った。

そして信《しん》じられないくらいに強《つよ》い力《ちから》で、いきなりわたしのことを抱《だ》きしめたんだ。

「えっ⁉　ええー⁉」

突然《とつぜん》抱《だ》きしめられて、なにがなんだかわからなくなった。

だって今《いま》までだって助《たす》けにはきてくれたけれど、こんなことされたことない！

「日向《ひなた》！　無事《ぶじ》か⁉　どこもケガしてないか⁉　ごめん、日向《ひなた》――！」

矢継《やつ》ぎ早《ばや》に質問《しつもん》されて、突然《とつぜん》あやまられて、わたしはワケがわからなくなった。

「ど、どうしたの？　霧島《きりしま》くん。わたしはケガしてないし、平気《へいき》だよ？　カイトくんが助《たす》けてくれたの。霧島《きりしま》くんは大丈夫《だいじょうぶ》なの？　ペンダントの光《ひかり》に呼《よ》ばれたような気《き》がしたんだけど」

わたしがそう言《い》うと、霧島《きりしま》くんは驚《おどろ》いたようにからだをはなしてわたしを見《み》た。

「は？　カイトが日向《ひなた》を助《たす》けた――？　なんで？」

「別《べつ》に助《たす》けてない。ゼルクたちのやってることをさぐってたら、ハイドにいきあたっただけだ」

驚《おどろ》いた霧島《きりしま》くんに、カイトくんが不機嫌《ふきげん》そうに言《い》った。

わたしを助《たす》けたって思《おも》われるのが、いやみたい。

「セイがきたならもう平気《へいき》だな。もう、おれにかまうなよ？」

足《あし》が痛《いた》いはずなのにカイトくんは、よろよろと立《た》ちあがった。

「待《ま》って、カイトくんケガしてるのに――」

「巻《ま》きおこれ、せん――」

「ダメだってば！」

わたしはカイトくんが口《くち》にする前《まえ》に、カイトくんのうでをつかんでつむじ風《かぜ》を起《お》こすのを阻止《そし》した。

（カイトくん、ひとりでどこかにいこうとしてる――！　ケガしてるのに！）

「……なんだよ。今《いま》かまうなって言《い》ったばかりだろ」

「わたしはうんって言《い》ってないよ！　そんな状態《じょうたい》でひとりで帰《かえ》るのはあぶないよ」

「だからなんでおれにかまうんだよ」

「つ、カ、カイトくんはわたしのこと道具《どうぐ》としてしか思《おも》ってないかもしれないけど、カイトくんはわたしにとってはもう大事《だいじ》な人《ひと》だからだよ！」

わたしが言《い》うとカイトくんは目《め》を丸《まる》くして驚《おどろ》いた。カイトくんのこんな表情《ひょうじょう》初《はじ》めて見《み》た。

だけどカイトくんは、命《いのち》がけでわたしのこと守《まも》ってくれた人《ひと》だ。

わたしがまっすぐにカイトくんを見《み》ていると、カイトくんはサッと視線《しせん》をそらした。

「……道具《どうぐ》なんて言《い》って悪《わる》かったよ。さっさと人間界《にんげんかい》へ戻《もど》れ。ハイドはもうセレインを勝《かっ》手《て》に使《つか》って人間界《にんげんかい》にくることはできないだろうし、あっちの方《ほう》がよっぽど安全《あんぜん》だ。おい、はやくこいつを連《つ》れて帰《かえ》れ」

わたしたちの押《お》し問答《もんどう》を、困惑《こんわく》した様子《ようす》で見《み》ていた霧島《きりしま》くんは、カイトくんに言《い》われて、ハッとしたように空《そら》を見《み》あげた。

「――ノエル！　聞《き》こえるか⁉　おれたちのこと、引《ひ》きあげてくれ！」

「えっ、ノエルくん⁉」

思《おも》いもよらない名前《なまえ》にビックリして空《そら》を見《み》あげると、空《そら》に空間《くうかん》を裂《さ》いたような割《わ》れ目《め》がポッカリとあいていた。

「――も、もももう、セイ。そんな大声《おおごえ》でボクの名前《なまえ》呼《よ》ばないでよ。協力《きょうりょく》するのは一度《ど》きりって約束《やくそく》なんだから、バレないようにしてよ。キラくんやカイトに聞《き》かれたらどうするのさ――って、うわ！　カイトくん⁉」

割《わ》れ目《め》の向《む》こうから、ノエルくんの声《こえ》が聞《き》こえた。

次《つぎ》の瞬間《しゅんかん》、割《わ》れ目《め》に引《ひ》きこまれるようにからだが浮《う》かんで、まばゆい光《ひかり》に包《つつ》まれた。

11 霧《きり》島《しま》くんの後《こう》悔《かい》

わたしたちを人間界《にんげんかい》へ戻《もど》してくれたのは、東雲乃絵留《しののめのえる》くんという男《おとこ》の子《こ》の能力《のうりょく》だった。

ノエルくんは霧島《きりしま》三兄弟《きょうだい》とおさななじみで、双子《ふたご》のヴァンパイアの男《おとこ》の子《こ》なんだ。

グレーがかった髪《かみ》と瞳《ひとみ》が神秘的《しんぴてき》な、きれいな顔《かお》だちをしている。

はじめは双子《ふたご》のもうひとりである愛留《あいる》くんといっしょにわたしをさらって、キラくんに差《さ》しだそうとしていたんだけれど、ノエルくんとは友《とも》だちになったんだ。

ノエルくんは絵《え》を描《か》くのが得意《とくい》で、描《か》いた絵《え》の中《なか》に人《ひと》を引《ひ》きこむ能力《のうりょく》を持《も》ってる。

そしてノエルくんの家《いえ》のアトリエには、魔界《まかい》の城《しろ》を描《か》いた風景画《ふうけいが》が飾《かざ》ってあるんだ。

霧島《きりしま》くんが、この絵《え》の中《なか》に入《はい》りたいってノエルくんにたのんでくれたんだって。

「ボクはいやだって何回《なんかい》も断《ことわ》ったんだよ！　セイの言《い》うことなんて聞《き》く義理《ぎり》ないって。だけどそうしないと美羽《みう》ちゃんがひどい目《め》にあうかもって、セイが頭《あたま》までさげるから、ボク……」


わたしたちは気《き》づいたら、ノエルくんのアトリエにいたんだ。

霧島《きりしま》くんも、そしてカイトくんも。

近《ちか》くには絵筆《えふで》を持《も》ったノエルくんと、しかめっ面《つら》をしたアイルくんが立《た》っていた。

「美羽《みう》ちゃん！　無事《ぶじ》でよかったあ……！」

ノエルくんがわたしの手《て》を両手《りょうて》でにぎって、無事《ぶじ》だったことを喜《よろこ》んでくれた。

ノエルくんはヴァンパイア王立学園《おうりつがくえん》にいたとき、いじめられないようにキラくんの手下《てした》グループにいたんだ。だからキラくんの命令《めいれい》に逆《さか》らうことをおそれてるの。

アイルくんの方《ほう》はそれだけじゃなく、ヴァンパイアの王様《おうさま》になるのは王子様《おうじさま》のキラくんがふさわしいって思《おも》ってる。

だから二人《ふたり》はふだん、キラくんの命令《めいれい》しか聞《き》かないんだ。

それなのにノエルくんがわたしを助《たす》けてくれたのは、わたしのことを友《とも》だちとして大切《たいせつ》に思《おも》ってくれているからだと思《おも》う。

「ありがとう。ノエルくんのおかげで無事《ぶじ》に帰《かえ》ってこられたよ！　本当《ほんとう》にありがとう

「……！」

わたしが涙《なみだ》ぐみながらお礼《れい》を言《い》うと、ノエルくんは照《て》れながらもうれしそうに笑《わら》ってくれた。

「うん。美羽《みう》ちゃんのためなら、ボクがんばれるよ」

一見《いっけん》すると女《おんな》の子《こ》に見《み》えるような愛《あい》らしい顔《かお》だちをしているノエルくんの笑顔《えがお》は、本当《ほんとう》にかわいい。同《おな》じ双子《ふたご》のアイルくんは、わたしの前《まえ》ではめったに笑《わら》わないから、もっと笑《え》顔《がお》を見《み》せてくれればいいのになって思《おも》う。

「用《よう》がすんだならさっさと帰《かえ》れ」

アイルくんはそんなわたしの胸中《きょうちゅう》なんて知《し》らずに、いつもの高圧的《こうあつてき》な態度《たいど》でそう言《い》った。

カイトくんはなにも言《い》わずに立《た》ちあがったけれど、そのままくずれ落《お》ちるようにその場《ば》にたおれてしまった。

「カイトくん――!?」

わたしが駆《か》け寄《よ》って触《ふ》れると、カイトくんのからだは熱《あつ》かった。

ヴァンパイアの体温《たいおん》は、人間《にんげん》よりずっと低《ひく》いはずなのに。

「おい、カイト。どうした？」

霧島《きりしま》くんも心配《しんぱい》そうにカイトくんをのぞきこんでいる。

霧島《きりしま》くんがカイトくんを抱《だ》きおこすと、カイトくんは苦《くる》しそうにうめいたけれど、意識《いしき》がないみたいだった。

「なんでカイトはこんなボロボロなんだ？　日向《ひなた》を助《たす》けたっていうのは本当《ほんとう》なのか？」

霧島《きりしま》くんに聞《き》かれて、わたしはコクコクとうなずいた。

「ほ、ほんとだよ。カイトくんがいなかったらわたし、血《ち》をぬかれちゃってたかも」

わたしがそう言《い》うと、ノエルくんが驚《おどろ》いたように声《こえ》をあげた。

「えー!?　それじゃ、カイトがキラくんを裏切《うらぎ》ったってこと!?　あんなにキラくん信者《しんじゃ》だったのに!?」

アイルくんも信《しん》じられないといった様子《ようす》でつぶやいた。

「キラくんを王《おう》にして出世《しゅっせ》することがカイトの夢《ゆめ》なのにか？　そんな話《はなし》、信《しん》じられないな……」

信《しん》じられないのはわたしもいっしょだけど、でも本当《ほんとう》だ。

「……カイトくん、本当《ほんとう》はやさしい人《ひと》だと思《おも》う。スラム街《がい》の子《こ》どもたちにも、すごく慕《した》われてたし」

わたしがそう言《い》うと、霧島《きりしま》くんはなぜか不機嫌《ふきげん》な表情《ひょうじょう》で、気《き》を失《うしな》ったカイトくんを背《せ》負《お》った。

「とりあえず家《いえ》に連《つ》れて帰《かえ》ろう。日向《ひなた》のことを助《たす》けてくれたのは本当《ほんとう》みたいだし、放《ほう》っておけないだろ」

「う、うん。ありがとう、霧島《きりしま》くん！」

わたしたちはカイトくんを連《つ》れて、霧島家《きりしまけ》まで戻《もど》ることにした。

「もしかしてカイトも美羽《みう》ちゃんのことが好《す》きなのかなあ。ボクと同《おな》じで！」

帰《かえ》り際《ぎわ》にノエルくんがむじゃきにはなったひとことで、霧島《きりしま》くんの表情《ひょうじょう》がぴしりと固《かた》まった気《き》がした。

霧島《きりしま》くんがカイトくんをおんぶしていたから、わたしたちは家《いえ》までの道《みち》のりを二人《ふたり》で歩《ある》いた。

さっきから霧島《きりしま》くんが無言《むごん》で、なんとなくおこっているような気《き》がする。

（……わたしが勝手《かって》な行動《こうどう》をとって魔界《まかい》に連《つ》れさられたから、おこるのは当然《とうぜん》か……）

チラチラと霧島《きりしま》くんを見《み》ていると、両《りょう》ほおがいつもよりはれているのに気《き》づいた。

まるでだれかになぐられたあとみたいに。

「えっ、霧島《きりしま》くん、ほっぺ大丈夫《だいじょうぶ》!?　どうしたの!?」

やっぱり霧島《きりしま》くんもなにか危険《きけん》な目《め》にあったんじゃ……、そう思《おも》ってあわてて聞《き》くと、霧島《きりしま》くんは不機嫌《ふきげん》な表情《ひょうじょう》のまま言《い》いたくなさそうに口《くち》を開《ひら》いた。

「……コウとレンになぐられた」

「え!?」

わたしはビックリした。兄弟《きょうだい》ゲンカはめずらしいことじゃないけれど、こんな風《ふう》に霧島《きりしま》くんの顔《かお》にあとが残《のこ》るなんて初《はじ》めて見《み》た。

「どうして!?　なにがあったの!?」

「……おれがそばにいながら、日向《ひなた》をさらわれるなんて、なにやってるんだって」

「えっ……」

「なんのためにいっしょに暮《く》らしてるんだって言《い》われて、おれ本当《ほんとう》にそうだなって思《おも》ったから、なぐられてもなにも言《い》えなかった。日向《ひなた》、本当《ほんとう》にごめん。こわい思《おも》い、たくさんさせたよな」

「霧島《きりしま》くん……、だってそんなのわたしのせいなのに。霧島《きりしま》くんはなにも悪《わる》くないのに」

あのとき完全《かんぜん》に油断《ゆだん》して、霧島《きりしま》くんとユノちゃんから離《はな》れたのはわたしの方《ほう》だ。

霧島《きりしま》くんがこんなに自分《じぶん》を責《せ》めてたなんて、ちっとも知《し》らなかった。

わたしが自分《じぶん》のせいだって言《い》っても、霧島《きりしま》くんは苦《くる》しそうな表情《ひょうじょう》をしたままだった。


わたしと霧島《きりしま》くんが傷《きず》ついたカイトくんを連《つ》れて帰《かえ》ってきたから、霧島家《きりしまけ》はちょっとした騒《さわ》ぎになってしまった。

リビングにカイトくんを連《つ》れたまま入《はい》ると、カイトくんと仲《なか》の悪《わる》いコウ先輩《せんぱい》はあからさまに拒絶反応《きょぜつはんのう》をしめした。

「はー⁉　カイトが美羽《みう》を助《たす》けたの⁉　そんなの絶対《ぜったい》なんか裏《うら》があるに決《き》まってる！　カイトなんて助《たす》けなくていいだろ！　なんで家《いえ》に入《い》れるんだよ！」

冷静《れいせい》なレン先輩《せんぱい》も、カイトくんが助《たす》けてくれたのが信《しん》じられない様子《ようす》だった。

「カイトが助《たす》けた……？　コウが言《い》うとおり、なにか裏《うら》があるんじゃないのか。美羽《みう》、本当《ほんとう》になにもされてないんだろうな？」

以前《いぜん》、メアちゃんにラブマークという印《しるし》をつけられて、あやつられかけたことがあるから か、レン先輩《せんぱい》はわたしのほおに触《ふ》れたり首《くび》すじを確認《かくにん》したりして、あやしんできた。

（ちょ、レン先輩《せんぱい》、近《ちか》い、近《ちか》いですってば……！）

至近距離《しきんきょり》で彫刻《ちょうこく》のようにきれいな顔《かお》でのぞきこまれ、白《しろ》く長《なが》い指《ゆび》でほおをなぞられると、わたしは顔《かお》が熱《あつ》くなった。

男《おとこ》の子《こ》にこんな風《ふう》に顔《かお》をさわられることなんて慣《な》れないんだもん！

わたしの様子《ようす》に気《き》づいたコウ先輩《せんぱい》が、あわててレン先輩《せんぱい》を引《ひ》きはなしてくれた。

「おれの子猫《こねこ》ちゃんに気安《きやす》く近《ちか》づきすぎなんだよ！　おまえは」

「……は？　僕《ぼく》は美羽《みう》になにか呪《のろ》いをかけられてないか調《しら》べただけだ」

二人《ふたり》が険悪《けんあく》な雰囲気《ふんいき》になってる間《あいだ》に、霧島《きりしま》くんはカイトくんをお客《きゃく》さん用《よう》の部屋《へや》に運《はこ》んでいった。ベッドもあるし、カイトくんのことを泊《と》めてあげるつもりらしい。

「カイトっていやなやつだと思《おも》ってたけど、美羽《みう》ちゃんを助《たす》けるなんて、いいとこもあるのかもね！　美羽《みう》ちゃんが無事《ぶじ》でよかったあ……」

ユノちゃんがそう言《い》って、わたしのことをギュッと抱《だ》きしめてくれた。

「うん。勝手《かって》に離《はな》れたりしてごめんね。ユノちゃん」

「ユノも心配《しんぱい》したけど、セイがすごく心配《しんぱい》してたんだよ。美羽《みう》ちゃんがいなくなったらどうしようって」

ユノちゃんの言葉《ことば》に、さっきの霧島《きりしま》くんの苦《くる》しそうな顔《かお》が頭《あたま》に浮《う》かんだ。

そんな顔《かお》をさせてしまったことが、申《もう》し訳《わけ》なかった。

12 今年《こ》《とし》の終《お》わりの日《ひ》

「美羽《みう》さん、今回《こんかい》の件《けん》はすまなかったね。セイもユノもいたのに、きみを危険《きけん》な目《め》にあわせてしまった。さぞこわかっただろう」

リビングに入《はい》ってきた霧島《きりしま》くんのお父《とう》さんにあやまられてしまった。

わたしは首《くび》を横《よこ》にふった。

「霧島《きりしま》くんやユノちゃんをしからないでください。わたしが悪《わる》いんです。わたしが勝手《かって》に二人《ふたり》から離《はな》れちゃったから、危険《きけん》な目《め》にあったんです。それなのに霧島《きりしま》くんは自分《じぶん》のこと責《せ》めてて……、わたし、どうしよう。どうあやまったらいいんだろう」

霧島《きりしま》くんのお父《とう》さんにいたわるようにやさしく言《い》われて、わたしはポロポロと涙《なみだ》をこぼしながら、自分《じぶん》の想《おも》いを吐《は》きだした。

霧島《きりしま》くんは悪《わる》くないのに、どう言《い》ったらわかってもらえるんだろう。

「……そうか。だけどセイはきみを守《まも》ると決《き》めていたから、目《め》の前《まえ》で連《つ》れさられてしまったことに少《すく》なからずショックを受《う》けているようだね。セイもまだ子《こ》どもだから、仕方《しかた》ないよ」

わたしが泣《な》きだしたからか、そばにいたコウ先輩《せんぱい》もレン先輩《せんぱい》も気《き》まずそうに顔《かお》を見《み》あわせている。

わたしはしゃくりあげながら言《い》った。

「……本当《ほんとう》なら開《ひら》かないはずの鏡《かがみ》の扉《とびら》が、開《ひら》いたんです。あんなのだれもふせげなかった。そばにいたカイトくんが、とっさにわたしについて魔界《まかい》に入《はい》ったんです。わたしが助《たす》けてって言《い》ったら、カイトくんがわたしを連《つ》れて逃《に》げてくれて、それで」

わたしは魔界《まかい》で起《お》きたことを説明《せつめい》した。

カイトくんがわたしを助《たす》けてくれたのが、本当《ほんとう》であること。

ハイドくんがセレインを勝手《かって》に使《つか》って、キラくんと兄弟《きょうだい》ゲンカになったこと。

だけどカイトくんがわたしの血《ち》をなめたことだけは、話《はな》すことができなかった。

わたしが本当《ほんとう》に【特別《とくべつ》な血《ち》】だってみんなに思《おも》われることがこわかったんだ。

話《はなし》が終《お》わると、コウ先輩《せんぱい》とレン先輩《せんぱい》もようやくカイトくんが助《たす》けてくれたんだと信《しん》じてくれたようだった。

「……ごめん、美羽《みう》。勝手《かって》にセイの責任《せきにん》にしてなぐったりして。おれくやしかったんだ。美《み》羽《う》のこと、自分《じぶん》だったら守《まも》れたのにって。あのときそばにいなかったのは自分《じぶん》のせいなのに、そのイラつきをセイにぶつけてた」

コウ先輩《せんぱい》がそう言《い》って、おずおずとわたしの頭《あたま》をなでてくれた。

コウ先輩《せんぱい》がこんな風《ふう》に自分《じぶん》の非《ひ》を認《みと》めてあやまるのはめずらしい。

プライドが高《たか》いレン先輩《せんぱい》もふだんだったらあやまったりしない。

それなのにレン先輩《せんぱい》もポツリと言《い》った。

「……僕《ぼく》も同《おな》じだ。美羽《みう》がさらわれたと聞《き》いて、自分《じぶん》でも信《しん》じられないくらいに気持《きも》ちが乱《みだ》れたんだ。……後《あと》でセイにはちゃんと謝罪《しゃざい》する」

レン先輩《せんぱい》の言葉《ことば》を聞《き》いて、わたしも顔《かお》をあげた。

「みんな心配《しんぱい》かけてごめんなさい。わたしも霧島《きりしま》くんに、ちゃんとあやまりたいです」

カイトくんの運《はこ》ばれた客室《きゃくしつ》のドアをノックすると、中《なか》から霧島《きりしま》くんが返事《へんじ》をした。

「霧島《きりしま》くん……。カイトくんの様子《ようす》は、どう?」

わたしが部屋《へや》の中《なか》に入《はい》ると、カイトくんはベッドで眠《ねむ》っていた。

「霧島《きりしま》くん、ずっとカイトくんのそばにいてくれたの?」

わたしが聞《き》くと、霧島《きりしま》くんは複雑《ふくざつ》そうな顔《かお》をして答《こた》えた。

「カイトは目《め》が覚《さ》めたら勝手《かって》にいなくなりそうだから。そしたら日向《ひなた》、心配《しんぱい》するだろ?」

「……うん。そうかも」

わたしはベッドサイドで霧島《きりしま》くんの横《よこ》に立《た》つと、眠《ねむ》っているカイトくんの顔《かお》を見《み》た。

いつも不機嫌《ふきげん》そうな顔《かお》をしているのがウソのように、おだやかな寝顔《ねがお》だった。

(……なんだか別人《べつじん》みたい)

規則正《きそくただ》しい寝息《ねいき》を立《た》てているけれど、キラくんにつけられたほおの傷《きず》が痛々《いたいた》しい。

（カイトくんのケガ、治《なお》してあげたいな……）

「あっ、そうだ。クリスタルのバラがある……！」

わたしは大《おお》そうじをしていたときに、クリスタルのバラがケガを治《なお》してくれたことを思《おも》いだした。もしかしたらカイトくんのケガにも効力《こうりょく》があるかもしれない！

「え？　日向《ひなた》が持《も》ってるバラ？　あれがどうかしたのか？」

「うん、ちょっと待《ま》ってて！　部屋《へや》から持《も》ってくるから！」

わたしは急《いそ》いでクリスタルのバラをカイトくんのそばまで持《も》ってきた。

ケースのふたを開《あ》けて、カイトくんの枕元《まくらもと》に置《お》いてみる。

「お願《ねが》い、クリスタルのバラ。カイトくんのケガを治《なお》してください……！」

わたしがお願《ねが》いをすると、またクリスタルのバラがじんわりとかがやきを増《ま》した。

「バラが光《ひか》ってる……？」

霧島《きりしま》くんも不思議《ふしぎ》そうにクリスタルのバラを見《み》ている。

そのうちに前《まえ》と同《おな》じように、クリスタルのバラがひらりと一枚花《まいはな》びらを落《お》とした。

（また一枚花《まいはな》びらが減《へ》っちゃった……。ごめんなさいレン先輩《せんぱい》がくれたのに）

カイトくんを見《み》ると、そのほおはなにもなかったかのように元《もと》に戻《もど》っていた。

(やっぱりこのバラにはケガを治《なお》す効力《こうりょく》があるんだ!)

わたしはまたバラのケースをしっかりと閉《と》じた。

「このバラにケガをいやす力《ちから》があるのか? すごいな」

霧島《きりしま》くんも知《し》らなかったようで、クリスタルのバラの効力《こうりょく》に驚《おどろ》いていた。

カイトくんの足首《あしくび》を確認《かくにん》すると、そっちの傷《きず》あともなくきれいに治《なお》っている。

あらためてクリスタルのバラってすごいなって思《おも》っちゃった。

それからわたしは霧島《きりしま》くんに向《む》きなおると、顔《かお》を見《み》てあやまった。

「あの霧島《きりしま》くん、勝手《かって》に離《はな》れたりしてごめんね。悪《わる》いのはわたしだから、自分《じぶん》を責《せ》めたりしないでほしいの」

「……でも、おれがあのとき日向《ひなた》から離《はな》れなければ」

「ううん。離《はな》れたのはわたし。わたしが思《おも》ってたよりもずっと、霧島《きりしま》くんがわたしのこと心配《しんぱい》してくれてるんだって知《し》ってうれしかった。でも霧島《きりしま》くんがつらそうな顔《かお》をしてるのはつらいよ」

わたしが自分《じぶん》の気持《きも》ちを伝《つた》えると、霧島《きりしま》くんは視線《しせん》を落《お》として少《すこ》しだまった。

「……よくわからないけど、おれ、こわかったんだと思《おも》う」

「……え？」

「日向《ひなた》がおれの母《かあ》さんみたいにいなくなるんじゃないかと思《おも》ったら、すごくこわかったんだ。必死《ひっし》でノエルにたのんで魔界《まかい》へ入《い》れてもらって、日向《ひなた》にもう一度《いちど》会《あ》いたいって強《つよ》く願《ねが》ったから、ペンダントがおれの方《ほう》から光《ひか》ったんだと思《おも》う」

「……そう、だったんだ」

わたしはそう返事《へんじ》するのがせいいっぱいだった。

霧島《きりしま》くんのお母《かあ》さんは、霧島《きりしま》くんが小《ちい》さいころにいなくなっちゃったんだ。

霧島《きりしま》くんはそれを、お母《かあ》さんも【特別《とくべつ》な血《ち》】だと疑《うたが》われて、ヴァンパイアにさらわれたんじゃないかって思《おも》ってるの。

霧島《きりしま》くんのお母《かあ》さんもわたしと同《おな》じで、ヴァンパイアのことを「花《はな》のいい香《かお》りがする」って言《い》ってたんだって。ヴァンパイアの魅了《テンプ》が効《き》かない体質《たいしつ》も同《おな》じらしい。

魅了《テンプ》が効《き》かない人間《にんげん》はたまにいるらしくて、そういう人間《にんげん》が【特別《とくべつ》な血《ち》】なんじゃないかって疑《うたが》われて、さらわれる事件《じけん》が過去《かこ》にもあったんだって。

だから霧島《きりしま》くんは、わたしがさらわれたのがショックだったんだ。

霧島《きりしま》くんはもう自分《じぶん》のまわりの人《ひと》にいなくなってほしくないって思《おも》いが、人一倍《ひといちばい》強《つよ》いんだ。

(わたしも霧島《きりしま》くんにとっていなくなってほしくない人《ひと》のうちのひとりなんだって、そう思《おも》ってもいいのかな……)

「絶対《ぜったい》に日向《ひなた》を助《たす》けたいって思《おも》ってたから、間《ま》に合《あ》ってよかった」

「あ、ありがとう霧島《きりしま》くん……」

霧島《きりしま》くんがきてくれたとき、抱《だ》きしめられたことを思《おも》いだして、顔《かお》が熱《あつ》くなっちゃった。

きっと霧島《きりしま》くんは必死《ひっし》だっただけなのに。

だって「もう一度会《いちどあ》いたい」「絶対《ぜったい》に助《たす》けたい」なんて、まるで物語《ものがたり》の中《なか》で愛《あい》を語《かた》るセリフみたいで。

かんちがいしそうになっちゃうよ。

(霧島《きりしま》くんみたいにすてきな男《おとこ》の子《こ》にそんなこと言《い》われて、照《て》れない女《おんな》の子《こ》なんてきっと

いないよね）

落《お》ちつかなくて視線《しせん》をさまよわせていると、霧島《きりしま》くんが思《おも》いだしたように言《い》った。

「そういえばどうしてカイトは日向《ひなた》を助《たす》けたんだ？　クリスマスパーティーに招待《しょうたい》したお礼《れい》か？」

「え、そ、そうなのかな。わたしが助《たす》けてって言《い》ったから、断《ことわ》れなかったみたい。クリスマスにいっしょにプレゼントを選《えら》んだりして、ちょっとは仲良《なかよ》くなれたのかなあ」

カイトくんの気持《きも》ちまでは、正直《しょうじき》言《い》ってわからない。

だけどカイトくんが根《ね》はやさしい人《ひと》だってことはわかった。

それだけでわたしはうれしかった。

ヴァンパイアと人間《にんげん》がわかりあうなんて無理《むり》だって言《い》われたりもするけれど、冷酷《れいこく》そうに見《み》えても、ヴァンパイアだって人間《にんげん》と同《おな》じでいろんな感情《かんじょう》を持《も》ってるんだ。

だからやっぱり、わかりあって仲良《なかよ》く暮《く》らせる未来《みらい》だってあるんじゃないかなって思《おも》うんだ。

夜《よる》になってカイトくんが目《め》を覚《さ》ましたから、みんなでいっしょに年越《としこ》しそばを食《た》べた。

「美羽《みう》の手料理《てりょうり》をカイトに食《た》べさせるなんて、もったいないけどな！　今回《こんかい》は美羽《みう》を助《たす》けたみたいだから特別《とくべつ》な」

コウ先輩《せんぱい》がもったいぶって言《い》った。

「ちょっと、コウ先輩《せんぱい》。わたしはおそばをゆでただけなんで……」

手料理《てりょうり》なんてめちゃくちゃおおげさだよ！

あいかわらず〆切《しめき》りに追《お》われている人気作家《にんきさっか》の霧島《きりしま》くんのお父《とう》さんは、書斎《しょさい》で仕事中《しごとちゅう》。

買《か》ってきたつゆと、ゆでたおそばに海老《えび》の天《てん》ぷらをトッピングして、それから魔除《まよ》けになるというかまぼこと、苦労《くろう》をねぎらう意味《いみ》のあるネギを載《の》せた。

ホカホカとあたたかい湯気《ゆげ》のいい匂《にお》いが食欲《しょくよく》をそそる、年越《としこ》しそばのできあがり。

カイトくんはコウ先輩《せんぱい》のえらそうな態度《たいど》に顔《かお》をしかめたけれど、わたしがすすめるままにおそばを口《くち》にした。

「……なんでそば？　おまえらのことだから、てっきり年越《としこ》しパーティーとかするのかと思《おも》ってた」

「日本《にほん》では年越《とし こ》しにそばを食《た》べる習慣《しゅうかん》があるんだよ。もしかしてカイトくん、おそば苦手《にがて》だった？」

わたしがのぞきこむように聞《き》くと、カイトくんはふいっと視線《しせん》をそらしてしまった。

「……いや、うまいけど」

「本当《ほんとう》？　よかったあ。みんなで食《た》べるとおいしいよね！」

わたしがみんなの顔《かお》を見《み》ると、ユノちゃんがニコッと笑《わら》って同意《どうい》してくれた。

「ユノ、おそばって初《はじ》めて食《た》べたよ。美羽《みう》ちゃんと知《し》りあってから、初《はじ》めてのことばっかりだね！」

「そうだな。……日向《ひなた》がきてから、家《いえ》もにぎやかになったよな。前《まえ》までは兄弟《きょうだい》ゲンカして、親父《おやじ》にしかられて大人《おとな》しくなるってパターンのくりかえしだったからな」

霧島《きりしま》くんも感慨深《かんがいぶか》そうにおそばを食《た》べている。

それを聞《き》いて、霧島《きりしま》くんと出会《であ》ったころを思《おも》いだした。

コウ先輩《せんぱい》もレン先輩《せんぱい》も霧島《きりしま》くんのことをハンパ者《もの》って呼《よ》んで、バカにしていたんだ。

今《いま》よりもっと深刻《しんこく》に仲《なか》が悪《わる》かったように見《み》えた。

わたしが関係《かんけい》あるかはわからないけれど、あのころにくらべたら、めちゃくちゃなケンカはしなくなったんじゃないかなあ。

カイトくんとは能力《のうりょく》を使《つか》った派手《はで》なケンカになることもあるけれど、もしかしたらカイトくんとの関係性《かんけいせい》もよいものに変《か》えていけるかもしれない。

みんなを見《み》てたら、ついそんな希望《きぼう》を持《も》っちゃった。

「調《しら》べたところ、そばを食《た》べることには厄災《やくさい》を断《た》ちきるという意味《いみ》もあるらしいな」

勉強熱心《べんきょうねっしん》なレン先輩《せんぱい》が、逆《ぎゃく》にわたしが知《し》らなかったことを教《おし》えてくれる。

けれどおそばを食《た》べたのは初《はじ》めてらしく、不思議《ふしぎ》そうに味《あじ》わっていた。

そんなレン先輩《せんぱい》はいつものスキがない感《かん》じとはちがって、ちょっとかわいい。

「じゃあ、おれと美羽《みう》のじゃまをするやつを断《た》ちきれるように、よくかんで食《た》べるな」

じゃまするやつ、というところをカイトくんに向《む》けて言《い》うと、コウ先輩《せんぱい》はおそばをすすらないでガブッとかんで食《た》べた。

それがおかしくて思《おも》わず笑《わら》っちゃった。

コウ先輩《せんぱい》は落《お》ちついて大人《おとな》っぽいところと、こういう子《こ》どもみたいなところ、両方《りょうほう》を持《も》ちあわせてる。だからコウ先輩《せんぱい》がいると、いつも場《ば》が明《あか》るくなるんだ。

コウ先輩《せんぱい》がわたしに話《はな》しかけてきた。

「ほら、美羽《みう》もかんで？　おれといっしょに厄災《やくさい》を断《た》ちきろ？」

「あはは。おそばはすって食《た》べていいんですよー」

カイトくんのことを嫌《きら》いだなんて言《い》っているけれど、こうして場《ば》をなごませてくれるコウ先輩《せんぱい》は、やっぱりやさしいなあって思《おも》う。

カイトくんはおそばを気《き》に入《い》ってくれたみたいで、一番《ばん》に食《た》べおわっていた。

13 新《あたら》しい一年《いちねん》のはじまり

帰《かえ》ると言《い》うカイトくんを引《ひ》きとめて、わたしたちはいっしょに新年《しんねん》を迎《むか》えた。

もしひとりで年越《としこ》しをするんだったら、さみしいんじゃないかと思《おも》って。

カイトくんがふだんどう過《す》ごしてるかなんて今《いま》まで考《かんが》えたこともなかったけれど、家《いえ》に帰《かえ》っても家族《かぞく》がだれもいないだなんて、そんな生活《せいかつ》考《かんが》えられない。

だからカイトくんはまわりにいる男《おとこ》の子《こ》とはちがって、大人《おとな》っぽく見《み》えるのかもしれない。

そして新年《しんねん》を迎《むか》えた新《あたら》しい朝《あさ》、みんなをさそって初詣《はつもうで》にいくことにした。

「ユノ着物着《きものき》るの楽《たの》しみにしてたんだ〜」

撮影《さつえい》のときにいつもユノちゃんの衣装《いしょう》を用意《ようい》してくれるスタイリストさんが、みんなの着物《きもの》を持《も》ってきてくれた。

ユノちゃんはタレント事務所《じむしょ》に所属《しょぞく》して、雑誌《ざっし》やＣＭ《シーエム》のお仕事《しごと》もしているんだ。

スタイリストさんは男《おとこ》の子用《こよう》の着物《きもの》もたくさん持《も》ってきてくれて、みんなその場《ば》で選《えら》ん
だから、カイトくんにも選《えら》んでもらった。

「おい、おれはこんなところで遊《あそ》んでいる場合《ばあい》じゃ……」

とまどって断《ことわ》ろうとしたカイトくんに、わたしは言《い》った。

「カイトくんの鏡《かがみ》はしばらく使《つか》えないから、魔界《まかい》には帰《かえ》らないんでしょう？　少《すこ》しは人間《にんげん》の世界《せかい》のお正月《しょうがつ》を楽《たの》しもうよ」

男《おとこ》の子《こ》たちは黒《くろ》やグレーの落《お》ちついた色味《いろみ》に、市松模様《いちまつもよう》や唐草模様《からくさもよう》の入《はい》った着物《きもの》をそれぞれ選《えら》んだ。

「着物《きもの》を用意《ようい》してくれてありがとう。ユノちゃん」

わたしも振《ふ》り袖《そで》を着《き》せてもらって、テンションがあがっちゃった。

赤《あか》い振《ふ》り袖《そで》にはいろんな花《はな》の模様《もよう》が入《はい》っていて、すごくきれい。

少《すこ》し大人《おとな》っぽくなれたような気《き》がして、背《せ》すじがシャンとのびる。

「美羽《みう》ちゃん、似合《にあ》う！　きれいな黒髪《くろかみ》だから、着物《きもの》すごく似合《にあ》ってるよ！」

ユノちゃんがストレートにほめてくれるから、恥《は》ずかしいけどうれしい。

平凡《へいぼん》なわたしがほめられることが多《おお》いのが、この黒《くろ》い髪《かみ》なんだ。

「ありがとう、ユノちゃんの振《ふ》り袖《そで》もすてき……。ユノちゃんにすごく似合《にあ》ってる」

ユノちゃんが着《き》ているのは、くすみピンクの布地《ぬのじ》にバラがたくさん描《か》かれている着物《きもの》だった。

あわせの部分《ぶぶん》にレースがついている少《すこ》し洋風《ようふう》な着物《きもの》が、外国《がいこく》のドールみたいに目鼻《めはな》だちがハッキリしているユノちゃんにピッタリだった。

男《おとこ》の子《こ》たちも着物《きもの》を着《き》ると、グッと大人《おとな》っぽく見《み》える。

みんながドレスアップするといつも、こんなにキラキラした集団《しゅうだん》に平凡《へいぼん》なわたしがいてもいいのかなって思《おも》っちゃう。それぐらいみんな、かっこよくてかわいいんだ。

スタイリストさんはみんなに着物《きもの》を着《き》せると、門《もん》の前《まえ》で写真撮影《しゃしんさつえい》をしてくれた。

「ユノ、着物《きもの》の写真《しゃしん》アイミィにたくさんあげてね！」

「オッケー。まかせて！」

スタイリストさんはユノちゃんにそう言《い》うと、上機嫌《じょうきげん》で帰《かえ》っていった。

コウ先輩《せんぱい》がわたしの着物《きもの》すがたをものめずらしそうに見《み》て言《い》った。

「着物《きもの》の美羽《みう》もいいな。髪《かみ》をアップにしてるとうなじが見《み》えてておいしそう」

目《め》が合《あ》うと、ニッと笑《わら》う口《くち》から八重歯《やえば》がこぼれて、思《おも》わず首元《くびもと》を押《お》さえちゃった。

（コウ先輩《せんぱい》はどこまでが本気《ほんき》なのかわからない……！）

「……別人《べつじん》みたいだな」

カイトくんがまじまじと見《み》てくるから、わたしのほおは熱《あつ》くなっちゃった。

実《じつ》はちょっとだけ色《いろ》つきのリップもぬってもらったんだ。

カイトくんはそれを指摘《してき》したわけじゃないのに、なんだか落《お》ちつかない気持《きも》ちになっちゃう。

「……カイトくんは、着物似合《きものにあ》ってるね」

わたしが言《い》うと、カイトくんは赤《あか》くなった。

「なに言《い》ってんだ」

おこったようにそう言《い》ったけれど、カイトくんは身長《しんちょう》も高《たか》いし、まっ黒《くろ》な髪《かみ》に切《き》れ長《なが》の瞳《ひとみ》が想像《そうぞう》以上《いじょう》に和装《わそう》に似合《にあ》っていた。

「おまえも似合《にあ》ってる……いや、おまえは首元《くびもと》をさらすな。髪《かみ》でかくせ」

カイトくんが赤《あか》い顔《かお》のまま突然《とつぜん》そんなことを言《い》ったから、わたしは目《め》を丸《まる》くした。

「なんで⁉」

「ティアラの血《ち》をねらうヴァンパイアが、これ以上《いじょう》ふえたら迷惑《めいわく》だろ」

そう言《い》うとカイトくんは、わたしの髪《かみ》をとめていたかんざしをはずそうと手《て》をのばしてきた。そして耳元《みみもと》でささやく。

「おまえの血《ち》、信《しん》じられないくらいうまかった」

それを聞《き》いてまた、カッとほおが熱《あつ》くなった。

血《ち》の味《あじ》なんてほめられてもうれしいはずないのに。

「や、やめてよ。せっかく髪《かみ》の毛《け》やってもらったのに！」

わたしがカイトくんの手《て》から身《み》をよじって逃《に》げようとすると、ぐいっと両肩《りょうかた》を後《うし》ろに引《ひ》かれた。

「わっ。き、霧島《きりしま》くん……！」

わたしの肩《かた》をつかんでカイトくんから遠《とお》ざけたのは、なんと霧島《きりしま》くんだった。

そしてさぐるようにカイトくんをにらみつけて、霧島《きりしま》くんが言《い》った。

「日向《ひなた》にあまり近寄《ちかよ》るな。助《たす》けてくれたのは感謝《かんしゃ》してるけど、カイトはキラとの関係《かんけい》が切《き》れたわけじゃないんだろ？」

今《いま》までになかった霧島《きりしま》くんの態度《たいど》に、わたしはビックリしちゃった。

だけどそのとおりだ！

（カイトくん自身《じしん》がわたしをねらうヴァンパイアのひとりだった……！）

そう言《い》われたカイトくんは一瞬《いっしゅん》、驚《おどろ》いたようだったけど、すぐに皮肉《ひにく》げに口《くち》のはしをあげた。

「ああ、そうだな。おれはこいつを助《たす》けられたけど、おまえは口《くち》ぽかんとあけて見《み》てるだけだったもんな」

その言葉《ことば》に霧島《きりしま》くんの顔色《かおいろ》がサッと変《か》わったのがわかった。

「このやろう……！」

霧島《きりしま》くんが飛《と》びかかろうとしたその瞬間《しゅんかん》、レン先輩《せんぱい》がすばやく霧島《きりしま》くんの首《くび》ねっこをつかんで止《と》めてくれた。

「やめろ、こんな動《うご》きにくい服装《ふくそう》で暴《あば》れるな。初詣《はつもうで》とやらにいくんだろう。自分《じぶん》をおさえろ」

霧島《きりしま》くんはグッとつまったような顔《かお》をすると、だまってしまった。

「そうだよ、セイ。はやくいこー」

そう言《い》うとユノちゃんは、霧島《きりしま》くんのうでを両手《りょうて》で引《ひ》っぱって先《さき》へいってしまった。

（ユノちゃん、積極的《せっきょくてき》だなあ。わたしはたとえ好《す》きな男《おとこ》の子《こ》だってあんな風《ふう》にはできないや……）

二人《ふたり》の後《うし》ろすがたを見《み》ると、胸《むね》の奥《おく》がチリチリとこげる。

「……きれいだな」

ふと、つぶやく声《こえ》が聞《き》こえてわたしが横《よこ》を見《み》ると、レン先輩《せんぱい》が立《た》っていた。

ヴァンパイア化《か》しているときは目《め》の覚《さ》めるような青《あお》の瞳《ひとみ》をしているけれど、ふだんのレン先輩《せんぱい》は青《あお》みがかった黒《くろ》い瞳《ひとみ》をしている。

少《すこ》し長《なが》めの前《まえ》さがりの髪《かみ》の毛《け》も瞳《ひとみ》も、着物《きもの》すがたによく似合《にあ》っていてすてきだった。

「え……？」

(今《いま》、きれいって言《い》った……!?　わたしのこと!?)

レン先輩《せんぱい》の美《うつく》しさにみとれちゃってたけど、聞《き》きまちがいじゃなければ、今《いま》きれいって言《い》ったような!?

わたしがみるみる赤《あか》くなると、レン先輩《せんぱい》もつられて赤《あか》くなりはじめた。

「き、聞《き》きまちがいですか……？」

否定《ひてい》される前《まえ》におそるおそる聞《き》いてみた。

そんなこと言《い》ってないってバッサリ切《き》りすてられちゃったら、傷《きず》つくもん。

「そ……、いや」

そうだって言《い》いそうな空気《くうき》を出《だ》したレン先輩《せんぱい》だったけれど、途中《とちゅう》で口《くち》ごもった。

そしてひと呼吸《こきゅう》置《お》いて、答《こた》えてくれた。

「……たぶん、聞《き》きまちがいじゃない」

「……え？」

（えー！　レン先輩《せんぱい》がわたしのことをきれいって言《い》ったの⁉　ウソみたい！　着物《きもの》のことかな⁉）

心臓《しんぞう》がバクバク鳴《な》って気《き》になったけれど、それ以上《いじょう》のことは聞《き》けなかった。


近所《きんじょ》にある神社《じんじゃ》にみんなで歩《ある》いて初詣《はつもうで》にいった。

「学校《がっこう》の近《ちか》くにあるけど、神社《じんじゃ》なんてきたことなかったな」

ものめずらしそうに鳥居《とりい》をくぐりながら、霧島《きりしま》くんがつぶやく。

「人多《ひとおお》くね？　ってか学校《がっこう》のやつらもきてるな」

コウ先輩《せんぱい》が人《ひと》の多《おお》さにうんざりした顔《かお》で言《い》ったけれど、すぐに見知《みし》った顔《かお》を見《み》つけて笑顔《えがお》で手《て》を振《ふ》った。コウ先輩《せんぱい》のファンの女子《じょし》たちだ。

学園《がくえん》の王子様《おうじさま》のコウ先輩《せんぱい》は、ファンサービスを欠《か》かさない。

あっという間《ま》にコウ先輩《せんぱい》は女《おんな》の子《こ》たちに囲《かこ》まれちゃった。あいかわらずすごい人気《にんき》！

「ええ！　コウくんとカイトくんいっしょにきてる!!」

「正統派《せいとうは》イケメンとダークイケメンのツーショット!?　尊《とうと》いんだけど!!」

「写真撮《しゃしんと》らせてください！」

「はぁ？　お、おい。やめろ、押《お》すな」

テンションのあがった彼女《かのじょ》たちは、カイトくんまでとりかこんじゃった！

カイトくんはこれまでこんなに積極的《せっきょくてき》にこられたことがないのか、目《め》を白黒《しろくろ》させて動揺《どうよう》してる。

カイトくんはするどい切《き》れ長《なが》の瞳《ひとみ》がにらんでいるように見《み》えるからか、いつもはファンの女《おんな》の子《こ》も遠巻《とおま》きに見《み》ているだけなんだ。

(こんなカイトくんのすがたを見《み》るのは、貴重《きちょう》かも……)

「先《さき》にいこうぜ」

霧島《きりしま》くんとレン先輩《せんぱい》は巻《ま》きこまれたくないみたいで、写真《しゃしん》を撮《と》ってる集団《しゅうだん》からさっさと離《はな》れてしまった。

先《さき》にお参《まい》りする列《れつ》に並《なら》んでいると、コウ先輩《せんぱい》とカイトくんが追《お》いついてきた。

「先《さき》にいくなんてひでーじゃん、子猫《こねこ》ちゃん」

すねたようにくちびるをとがらせるコウ先輩《せんぱい》に、わたしは苦笑《にがわら》いを浮《う》かべてごまかした。

「混《こ》んでるから並《なら》んだ方《ほう》がいいかなーと思《おも》って。さすがコウ先輩《せんぱい》、すごい人気《にんき》ですね」

「おれはみんなからの人気《にんき》より、美羽《みう》の気持《きも》ちの方《ほう》がほしいんだけど」

コウ先輩《せんぱい》はサラッとすごい発言《はつげん》をした。

「ご、誤解《ごかい》される言《い》い方《かた》はやめてください、もう」

わたしは赤《あか》くなって学校《がっこう》の子《こ》に聞《き》かれてないよね……、と周囲《しゅうい》を見回《みまわ》した。

学園《がくえん》でアイドル的人気《てきにんき》の霧島《きりしま》三兄弟《きょうだい》に、さらにダークイケメンとして人気《にんき》の高《たか》いカイトくんまでいっしょにいるんだから、目立《めだ》たないはずがない！

けれど並《なら》んだ場所《ばしょ》には運《うん》よく、聖《せい》セレナイト学園《がくえん》の生徒《せいと》はいないみたいだった。

胸《むね》をなでおろしていると、不機嫌《ふきげん》なカイトくんと目《め》が合《あ》った。

「なんであいつらは自分《じぶん》が写《うつ》ってもいないのに、人《ひと》の写真《しゃしん》を撮《と》りたがるんだ？」

「え……、カイトくんのことが好《す》きだから、カイトくんの写真《しゃしん》がほしいんじゃないかな。

本当《ほんとう》はいっしょに写真《しゃしん》を撮《と》りたいけど、断《ことわ》られると思《おも》って、お願《ねが》いする勇気《ゆうき》がなかったのかも」

わたしが説明《せつめい》すると、カイトくんは眉間《みけん》にシワを寄《よ》せた。

「当《あ》たり前《まえ》だろ。なんで知《し》らない人間《にんげん》といっしょに写真《しゃしん》に写《うつ》らなきゃいけないんだ」

(カイトくん、写真《しゃしん》が嫌《きら》いなのかな……)

カイトくんの言葉《ことば》が聞《き》こえてなかったのか、ユノちゃんがカシャッとスマホでわたしとカイトくんの写真《しゃしん》を撮《と》っちゃった！

「ユノちゃん!?」

「カイトは美羽《みう》ちゃんをさらおうとしてたときは大嫌《だいきら》いだったけど、こうして見《み》ると二人《ふたり》って案外《あんがい》お似合《にあ》いかもね！」

ユノちゃんがわたしたちをはやしたてると、レン先輩《せんぱい》が低《ひく》い声《こえ》で言《い》った。

「……は？」

それと同時《どうじ》に、手《て》を清《きよ》める水《みず》が置《お》いてある手水舎《ちょうずや》から、悲鳴《ひめい》があがった。

「きゃあっ！　お手水《ちょうず》が凍《こお》った!!」

「ウソだろ⁉ 今日《きょう》そんな気温《きおん》低《ひく》かった？」

ポカンとして手水舎《ちょうずや》の方《ほう》を見《み》ると、ちょっとした騒《さわ》ぎになってしまっていた。

(レン先輩《せんぱい》の水《みず》を凍《こお》らせる能力《のうりょく》が発動《はつどう》しちゃったの⁉)

「おい、レン。なんで手水《ちょうず》を凍《こお》らせたんだ」

とまどった表情《ひょうじょう》の霧島《きりしま》くんがレン先輩《せんぱい》に聞《き》くと、レン先輩《せんぱい》はハッとしたように、

「……なんでもない」

と言《い》うなり、青《あお》くなった瞳《ひとみ》を片手《かたて》でおおってかくした。レン先輩《せんぱい》がすうっと深呼吸《しんこきゅう》をすると、氷《こおり》が溶《と》けたらしくざわめきが落《お》ちついた。

「あれ、凍《こお》ってなくない？」

「ほんとだ。でもめちゃくちゃ冷《つめ》たいんだけど！」

寒《さむ》い日《ひ》だから、それほどみんな不思議《ふしぎ》に思《おも》ってないみたい。

(今《いま》が冬《ふゆ》でよかった……。コウ先輩《せんぱい》が能力《のうりょく》をコントロールできるようになったら、反対《はんたい》にレン先輩《せんぱい》のコントロールが利《き》かなくなっちゃったみたい？)

順番《じゅんばん》がきたからわたしたちは横一列《よこいちれつ》に並《なら》んで、お賽銭《さいせん》を出《だ》した。

目《め》を閉《と》じて、新年《しんねん》のお願《ねが》いごとを頭《あたま》に思《おも》いうかべる。

(ヴァンパイアのみんなと、仲良《なかよ》くなれる世界《せかい》がきますように)

ちょっとだけ霧島《きりしま》くんの顔《かお》が浮《う》かんだけれど、霧島《きりしま》くんとどうなりたいとか、そんなお願《ねが》いはできなかった。自分《じぶん》でもどうなりたいのかなんて、よくわからないし。

ただわたしは霧島《きりしま》くんのそばにいたいだけで、いっしょに楽《たの》しいことをして、笑顔《えがお》で過《す》ごしたいだけなんだ。そして霧島《きりしま》くんには、いつも笑顔《えがお》でいてほしい。

それは神様《かみさま》にお願《ねが》いすることじゃない気《き》がした。

わたしが目《め》をあけると、ユノちゃん以外《いがい》はみんな参拝《さんぱい》を終《お》えたようだった。

ユノちゃんだけはまだ目《め》を閉《と》じて両手《りょうて》を合《あ》わせて、ブツブツ言《い》ってる。

「セイと結婚《けっこん》できますように。アイミィのフォロワー数《すう》が倍《ばい》になりますように。それから全世界《ぜんせかい》がユノのかわいさに気《き》づいてくれますように。それから……」

「ユノ願《ねが》いが多《おお》すぎだ。後《うし》ろがつかえてる」

「えー」

レン先輩《せんぱい》に指摘《してき》されてユノちゃんはしぶしぶ後《うし》ろの人《ひと》に場所《ばしょ》をゆずった。
（霧島《きりしま》くんはなにをお願《ねが》いしたのかな……）
チラッと霧島《きりしま》くんを見《み》たけれど、いつもと同《おな》じ涼《すず》しい顔《かお》をしていた。

14 新年《しんねん》の熱《あつ》い闘《たたか》い

「みんなの写真《しゃしん》たくさん撮《と》ったから、アイミィにあげよーっと」

帰《かえ》り道《みち》にユノちゃんがなにげなく言《い》ったひとことで、カイトくんの機嫌《きげん》がまた急降下《きゅうこうか》した。

「写真《しゃしん》なんか載《の》せるな」

カイトくんは前《まえ》にもメアちゃんの写真《しゃしん》がアイミィに載《の》ったとき、おこったんだよね。

人間界《にんげんかい》で目立《めだ》つようなことをすると、やつらにねらわれるぞって。

今《いま》にして思《おも》えばそれってヴァンパイアだってバレると血《ち》をぬかれて、人間《にんげん》に売《う》られるかもしれないって意味《いみ》だったんだ。

「なによ、カイト。イケメンとかわいい女《おんな》の子《こ》だよ？　フォロワー喜《よろこ》ぶのに！」

ユノちゃんもつられて機嫌《きげん》が悪《わる》くなっちゃったから、わたしはあわてて説明《せつめい》した。

「ユノちゃん、カイトくんは心配《しんぱい》して言《い》ってるんだよ。ゼルクっていうヴァンパイアが、ヴァンパイアの血《ち》をぬいて人間《にんげん》に売《う》ってるって……」

「え、なにそれ？　こわいんだけど！　ユノねらわれるってこと⁉」

不安《ふあん》になってこわがるユノちゃんは、わたしにしがみついてきた。

わたしも心配《しんぱい》になってカイトくんを見《み》ると、カイトくんは首《くび》を横《よこ》に振《ふ》った。

「ヴァンパイアの血《ち》が人間《にんげん》に売買《ばいばい》されるってうわさは、ずっと前《まえ》からあった。だからメアには気《き》をつけるようにおこったんだ。けど今《いま》のゼルクは魔界《まかい》でスラムのヴァンパイアをねらってる。そしてメアも……、ゼルクに協力《きょうりょく》してるらしい」

メアちゃんの名前《なまえ》を出《だ》すと、カイトくんの表情《ひょうじょう》は苦《くる》しげにゆがんだ。

リオンくんやテオくんと組《く》んで、わたしのことを消《け》そうとしたメアちゃん。

そんな目《め》にあわされて、今《いま》でも友《とも》だちなんて言《い》えないけれど、でも。

わたしと仲直《なかなお》りしてくれなくても、カイトくんとメアちゃんが前《まえ》みたいにいっしょにいられる日《ひ》がきてほしい。それはきっと、カイトくんとメアちゃん両方《りょうほう》の願《ねが》いだから。

「羽根《はね》つき勝負《しょうぶ》しましょう！」

家《いえ》に帰《かえ》ると、さっそくわたしは羽子板《はごいた》セットをとりだした。

もたもたしてたら、カイトくんが帰《かえ》っちゃう。

せっかくだから準備《じゅんび》したものは、全員《ぜんいん》いっしょに体験《たいけん》してみたかった。

「この板《いた》で羽根《はね》を打《う》てばいいのか？」

霧島《きりしま》くんがものめずらしそうに羽子板《はごいた》をながめる。

「うん。負《ま》けたらこの墨《すみ》で顔《かお》にラクガキされちゃうから気《き》をつけて！」

「よーし、いっくぞー」

ノリのいいコウ先輩《せんぱい》と羽子板《はごいた》を持《も》っていた霧島《きりしま》くんが、やってみることになった。

数《すう》メートル距離《きょり》をあけると、きれいなぼたん色《いろ》の羽根《はね》をコウ先輩《せんぱい》が高《たか》くはなった。

それからテニスのサービスをするようなフォームでかまえると、思《おも》いきり羽子板《はごいた》を打《う》ちおろしたんだ。カンッとするどい音《おと》が鳴《な》って、羽根《はね》がすごい勢《いきお》いで空《そら》に飛《と》んでった。

「ちょ、ちょっとコウ先輩《せんぱい》。強《つよ》く打《う》ちすぎ……」

コートなんてないけれど、さすがにこれはアウトじゃない……、と思《おも》ったとき、霧島《きりしま》くんがグッと足《あし》に力《ちから》をこめて高《たか》く跳《と》びあがり、羽根《はね》をカーンと打《う》ちかえした。

同《おな》じくらい強《つよ》い力《ちから》で！

そこからはもうすごいラリーの応酬《おうしゅう》だった。

カンカンカンカンするどい音《おと》がなって、ビュンビュンと羽根《はね》が左右《さゆう》に横切《よこぎ》る。

わたしはポカーンと口《くち》をあけて固《かた》まってしまった。

（こ、こんな羽根《はね》つき、普通《ふつう》じゃない……！）

「オラぁ！」

最後《さいご》はヒートアップしたコウ先輩《せんぱい》がスマッシュを打《う》ったら、ボッと羽根《はね》に炎《ほのお》がついちゃった！

「お、おい。コウ！」

霧島《きりしま》くんがそれに気《き》をとられていると、すすけた羽根《はね》がポトリと地面《じめん》に落《お》ちた。

「はい、おれの勝《か》ちー」

コウ先輩《せんぱい》は燃《も》えた羽根《はね》のことなんてなかったかのように、ガッツポーズで勝利宣言《しょうりせんげん》を決《き》めた。


二戦目《せんめ》はカイトくんとレン先輩《せんぱい》が闘《たたか》った。

けれどカイトくんがつむじ風《かぜ》でレン先輩《せんぱい》のじゃまばかりするから、勝負《しょうぶ》にならなかったの。まるで体育祭《たいいくさい》のときの二人《ふたり》の闘《たたか》いの再現《さいげん》だ！

「……やると思《おも》っていたから、相手《あいて》をするのも面倒《めんどう》なんだが。おまえの反則負《はんそくま》けだ」

「うるせぇ！　ヴァンパイアの勝負《しょうぶ》にルールなんかねぇんだよ！」

カイトくんが負《ま》けを認《みと》めないから、レン先輩《せんぱい》もイライラがたまっているようだった。

（まずい、このままじゃケンカになっちゃう……）

わたしがハラハラしているのもおかまいなしに、カイトくんはレン先輩《せんぱい》がサーブのかまえをとるとすぐに、手《て》のひらを地面《じめん》にかざした。

（カイトくん、またつむじ風《かぜ》を使《つか》う気《き》だ……！）

「ダ、ダメだよ、カイトく……！」

「魅了《テンプ》！」

見《み》てられなくなったのはユノちゃんもいっしょだったのか、ぶわっとピンク色《いろ》の霧《きり》が広《ひろ》がってユノちゃんの能力《のうりょく》が発動《はつどう》しちゃった。

ユノちゃんは魅了《テンプ》の能力《のうりょく》がものすごく強《つよ》いんだ。

ヴァンパイアや大勢《おおぜい》の人《ひと》を同時《どうじ》にあやつることもできるの。

「カイト、ヴァンパイアとしての能力《のうりょく》なんて使《つか》わないで？　おねがい」

ユノちゃんが両手《りょうて》を組《く》んで、かわいく小首《こくび》をかしげるとカイトくんの瞳《ひとみ》がトロンとした。

「ヴァンパイアとしての能力《のうりょく》を使《つか》わない……、そうだ、使《つか》わなくてもおれなら勝《か》てる！」

そう言《い》ったと同時《どうじ》に、カイトくんの額《ひたい》にコツンと羽根《はね》が当《あ》たって地面《じめん》に落《お》ちた。

レン先輩《せんぱい》がいつの間《ま》にかサーブしていた。

「つ、おい！　ひきょうだぞ！」

「ひきょうというのは、おまえのためにある言葉《ことば》だろ」

「はいはいはーい。次《つぎ》はユノたちの番《ばん》だよ！　どいてどいて」

言《い》いあらそうカイトくんとレン先輩《せんぱい》を押《お》しのけて、ユノちゃんが羽子板《はごいた》を持《も》ってわたしと向《む》きあった。

ユノちゃんとなにかを勝負《しょうぶ》するなんて初《はじ》めてで、ドキドキしちゃう。

「いくよ！　ユノちゃん」

わたしは羽根《はね》を高《たか》く放《ほう》りなげた。バドミントンの要領《ようりょう》で板《いた》で羽根《はね》を打《う》つ。

ユノちゃんもきれいなフォームで打《う》ちかえした。

カンッ、カンッとここちよいリズムが刻《きざ》まれて、羽根《はね》がいったりきたりする。

ユノちゃんは日差《ひざ》しの下《した》にいることが嫌《きら》いで体育《たいいく》の授業《じゅぎょう》を休《やす》むことが多《おお》いけれど、羽根《はね》つきは上手《じょうず》だった。一方《いっぽう》、わたしも体育《たいいく》は得意《とくい》な方《ほう》だ。

(羽根《はね》つきだって、負《ま》けられない！)

「なにこれ楽《たの》しーい」

ユノちゃんも羽根《はね》つきを気《き》に入《い》ったみたい。

わたしとユノちゃんの羽根《はね》つき勝負《しょうぶ》は持久戦《じきゅうせん》になり、ユノちゃんの集中力《しゅうちゅうりょく》が切《き》れた瞬間《しゅんかん》に、わたしが勝《か》つことができた。

「それじゃあ、負《ま》けた人《ひと》は墨《すみ》でラクガキされます」

「は？　待《ま》って。あれでおれの負《ま》けなの？」

わたしが筆《ふで》を持《も》つと、霧島《きりしま》くんがギョッとしたように言《い》った。

「たしかに……、羽根《はね》を燃《も》やしちゃったコウ先輩《せんぱい》の反則負《はんそくま》け、かなあ」

そう言《い》って霧島《きりしま》くんに筆《ふで》を渡《わた》すと、ユノちゃんがピョンピョン跳《と》ぶようにしてそばにきた。

「ユノはセイにラクガキされたーい！　描《か》いて描《か》いて！」

（ユノちゃんのまっ白《しろ》な肌《はだ》にラクガキなんて、気《き》が引《ひ》けそう……）

そう思《おも》ったけれど、霧島《きりしま》くんは遠慮《えんりょ》なくユノちゃんのきれいなほおに丸《まる》を描《か》いた。

「きゃっ、冷《つめ》たーい。アハハ、なんか楽《たの》しいかも！」

（霧島《きりしま》くんが描《か》いてくれて助《たす》かったはずなのに、仲《なか》のいい二人《ふたり》を見《み》るとヤキモキしちゃうから困《こま》る……）

こういうときに楽《たの》しい気持《きも》ちでいられない自分《じぶん》が、いやになっちゃう。

「じゃあ、おれには美羽《みう》が描《か》いてよ」

そう言《い》って、コウ先輩《せんぱい》がわたしに顔《かお》を寄《よ》せてきた。

ふわっとコウ先輩《せんぱい》の香《かお》りが鼻《はな》をくすぐって、わたしは恥《は》ずかしくなった。

(な、なんか緊張《きんちょう》する……)

霧島《きりしま》くんから渡《わた》された筆《ふで》で、そっとコウ先輩《せんぱい》のほおをなぞる。

コウ先輩《せんぱい》には猫《ねこ》のヒゲを描《か》いた。

「ふ。なんかくすぐったいな」

コウ先輩《せんぱい》が笑《わら》うと、その自然《しぜん》な笑顔《えがお》にドキッとする。

コウ先輩《せんぱい》はまわりの空気《くうき》を読《よ》んで笑顔《えがお》でいることが多《おお》いから、こういう自然《しぜん》な笑顔《えがお》はめずらしいんだ。わたしまで自然《しぜん》に笑顔《えがお》になっちゃう。

二人《ふたり》で笑《わら》っていると、カイトくんがそばにきていた。

「どうせやるならついでに描《か》け」

そう言《い》ってカイトくんは、片《かた》ほおを差《さ》しだすように近《ちか》づけていた。

「えええっ!?　わ、わたしが描《か》くの!?」

（カイトくんの顔《かお》にラクガキなんて、本気《ほんき》でおこられそうでこわい！）

わたしが固《かた》まってる間《あいだ》に、レン先輩《せんぱい》がスッとわたしの手《て》から筆《ふで》を引《ひ》きぬいた。

そしてそのまま流《なが》れるような動作《どうさ》で、カイトくんの片《かた》ほおに大《おお》きくバツを描《か》いてしまった。

「うわっ、てめえなにすんだ！」

「うるさい。美羽《みう》に近寄《ちかよ》るな」

「クソ！　おれ、こいつと相性悪《あいしょうわる》すぎだろ！　……コウ以上《いじょう》に嫌《きら》いかも」

「偶然《ぐうぜん》だな。僕《ぼく》もそう思《おも》っていたところだ」

カイトくんとレン先輩《せんぱい》は、バチバチと火花《ひばな》を散《ち》らしてにらみあっている。

（そ、そんなあ。仲良《なかよ》く羽根《はね》つきする予定《よてい》が、ますます仲《なか》が悪《わる》くなっちゃった……？）

15 わたしの願《ねが》い

家《いえ》の中《なか》に入《はい》ると、お雑煮《ぞうに》のいい香《かお》りがした。

霧島《きりしま》くんのお父《とう》さんがキッチンから出迎《でむか》えてくれた。

「ははは。コウとカイトくんはいい顔《かお》になったね。おや、ユノもか」

みんなの顔《かお》のラクガキを見《み》て、お父《とう》さんが楽《たの》しそうに笑《わら》って言《い》った。

「手《て》と顔《かお》を洗《あら》っておいで。お雑煮《ぞうに》とおせちを用意《ようい》したんだ。みんなで食《た》べよう」

テーブルの上《うえ》にはきらびやかなお重《じゅう》に入《はい》った豪華《ごうか》なおせちが並《なら》んでいた。

「すごい！　こんなおせち、見《み》たことないです」

和風《わふう》のおせちの重《じゅう》だけじゃなく、伊勢《いせ》エビの頭《あたま》が入《はい》った洋風《ようふう》のおせちの重《じゅう》もある。

生《なま》ハムがバラの形《かたち》に盛《も》りつけられていてすごく華《はな》やか。

こんなおせちいつの間《ま》にと思《おも》っていたら、霧島《きりしま》くんのお父《とう》さんが教《おし》えてくれた。

「百貨店《ひゃっかてん》でたのんでおいたんだ。年末《ねんまつ》は仕事《しごと》がいそがしくて食事《しょくじ》を作《つく》ることができなくて、みんなにも迷惑《めいわく》をかけたね」

霧島《きりしま》くんのお父《とう》さんはみんなの食事《しょくじ》を用意《ようい》すると、また書斎《しょさい》に引《ひ》っこんでしまった。

いそがしいのにわたしたちのためにお雑煮《ぞうに》を作《つく》ってくれたんだ！

みんなでおせちを囲《かこ》んで、これはなんだろうって言《い》いながら楽《たの》しく食《た》べた。

いつもお正月《しょうがつ》は家族《かぞく》だけで過《す》ごしていたから、こんなににぎやかなお正月《しょうがつ》は初《はじ》めてで、笑顔《えがお》があふれちゃう。

そんなわたしを見《み》て、レン先輩《せんぱい》がつられたようにほほえんでくれた。

(レン先輩《せんぱい》が笑《わら》ってる！　レン先輩《せんぱい》も楽《たの》しんでくれてるんだ)

最近《さいきん》、レン先輩《せんぱい》の貴重《きちょう》な笑顔《えがお》を見《み》られる機会《きかい》がふえてる気《き》がしてうれしいな。

「人間《にんげん》のお正月《しょうがつ》って楽《たの》しいね！　知《し》らないことがいっぱいで」

ユノちゃんがそう言《い》ったとき、力《ちから》いっぱいうなずいちゃった！

「わたしもこんなにワクワクしたお正月《しょうがつ》は初《はじ》めてだよ。羽根《はね》つきも初《はじ》めてだったし、友《とも》だちと初詣《はつもうで》にいったのも初《はじ》めて！」

ヴァンパイアのみんなが初《はじ》めてを経験《けいけん》してるだけじゃなく、わたしもたくさんの初《はじ》めてをみんなといっしょに経験《けいけん》してるんだ。そう思《おも》ったらうれしかった。

「今《いま》もみんなといっしょにいられるのが、なんだか夢《ゆめ》みたい」

わたしの言葉《ことば》にユノちゃんが笑顔《えがお》で大《おお》きくうなずいた。

「うん！　ユノも楽《たの》しい」

そのとなりで霧島《きりしま》くんが少《すこ》しだけほほえんでくれる。

それだけで霧島《きりしま》くんも同《おな》じ気持《きも》ちでいてくれてるのかなって、気持《きも》ちがあがるんだ。

「これからもずっといっしょにいようね。子猫《こねこ》ちゃん」

コウ先輩《せんぱい》がそう言《い》ってウインクした。

(今年《ことし》もコウ先輩《せんぱい》はコウ先輩《せんぱい》だ！)

恥《は》ずかしかったけれど、わたしはコクンとうなずいた。

冗談《じょうだん》でもコウ先輩《せんぱい》が、ずっとって言《い》ってくれたことがうれしかったから。

「……ヴァンパイアと人間《にんげん》がずっといっしょにいられるわけないだろ」

カイトくんがボソッと言《い》った。

そんな風《ふう》に言《い》われると、自信《じしん》がなくなって哀《かな》しい気持《きも》ちになる。だけど。

「……おたがいがいっしょにいたいって思《おも》えたら、きっと大丈夫《だいじょうぶ》だよ。わたしはみんながいっしょにいられるように努力《どりょく》するよ。──カイトくんも」

わたしはあきらめないんだ。


「「「は？」」」

わたしの言葉《ことば》に、霧島《きりしま》三兄弟《きょうだい》とカイトくんの声《こえ》がハモった。

「え？　わたしはカイトくんにも人間《にんげん》の世界《せかい》も悪《わる》くないかもって思《おも》ってほしいよ。こっちの世界《せかい》でも楽《たの》しく過《す》ごしてほしいから、ヴァンパイアと人間《にんげん》が仲良《なかよ》くできる世界《せかい》を実現《じつげん》できるようにがんばりたい。そうしたらみんなでいっしょにいられるよね？」

わたしが言《い》うと、カイトくんは眉《まゆ》をギュッと寄《よ》せて苦《くる》しそうな顔《かお》をした。

「……なんでおまえはそうなんだよ。おれは敵《てき》のヴァンパイアだぞ。おまえがそんな風《ふう》に言《い》うから、かなわない夢《ゆめ》を見《み》そうになるし、おれはおまえのことを……」

カイトくんはその先《さき》は言《い》わずに口《くち》を閉《と》ざしてしまった。

（カイトくんはなにを言《い》おうとしたんだろう？）

カイトくんの真剣《しんけん》な表情《ひょうじょう》にドキドキしていると、わたしのとなりに座《すわ》っていたコウ先輩《せんぱい》がわたしの肩《かた》に手《て》を回《まわ》して、低《ひく》い声《こえ》でカイトくんに言《い》った。

「……美羽《みう》に特別《とくべつ》な感情《かんじょう》を持《も》つなよ。美羽《みう》はだれにも渡《わた》さない。キラであっても、カイトであっても。もちろん、おまえらもだ」

カイトくんをにらみつけた後《あと》、コウ先輩《せんぱい》はレン先輩《せんぱい》と霧島《きりしま》くんの顔《かお》を見《み》る。

（……なに？　いつものコウ先輩《せんぱい》じゃない）

こんなときはいつも、冗談《じょうだん》を言《い》ってその場《ば》をなごませてくれるのに。

（コウ先輩《せんぱい》はやっぱり、どうしてもヴァンパイアの王様《おうさま》になりたいから——？）

コウ先輩《せんぱい》が渡《わた》さないと言《い》ってるのは、わたし自身《じしん》のことなのかわたしの血《ち》のことなのか、わからなかった。

ピリッとした空気《くうき》をやぶるように、レン先輩《せんぱい》がため息《いき》を吐《つ》いて言《い》った。

「やめろ、コウ。おまえが美羽《みう》をおびえさせてどうするんだ」

「え。ウソ、ごめん。美羽《みう》、こわかった？」

パッと表情《ひょうじょう》を変《か》えたコウ先輩《せんぱい》が、いつものように明《あか》るく言《い》って、わたしから手《て》を離《はな》してくれた。急《きゅう》に変《か》わった雰囲気《ふんいき》に戸惑《とまど》っちゃう。

「え、えっと、いつもの冗談《じょうだん》ですよね。大丈夫《だいじょうぶ》です！」

ほんとはちょっとこわかったけれど、わたしはあわててそう言《い》った。

だけどコウ先輩《せんぱい》はわたしの耳元《みみもと》に口《くち》を寄《よ》せると、わたしにしか聞《き》こえないようにそっとささやいた。

「美羽《みう》のこと、だれにもとられたくないのは本当《ほんとう》だよ。おれだけの子猫《こねこ》ちゃんでいてね」

「えっ……！」

わたしが絶句《ぜっく》すると、足元《あしもと》からブワッと風《かぜ》が巻《ま》き起《お》こった。

(部屋《へや》の中《なか》なのに——!?)

つむじ風《かぜ》がコウ先輩《せんぱい》が座《すわ》っていたイスをさらって、ひっくり返《かえ》した。

ステンとしりもちをついたコウ先輩《せんぱい》は目《め》を丸《まる》くした後《あと》、表情《ひょうじょう》をけわしくして立《た》ちあがった。

「カイト、てめぇ……！　やりやがったな!!」

（えっ、今《いま》のって、カイトくんがつむじ風《かぜ》の能力《のうりょく》でイスをひっくり返《かえ》したの!?）

「コウ、食事中《しょくじちゅう》に席《せき》を立《た》つな」

そんなコウ先輩《せんぱい》にレン先輩《せんぱい》は顔色《かおいろ》ひとつ変《か》えずに注意《ちゅうい》する。

「おい！　今《いま》のは悪《わる》いのはおれじゃねーだろ！」

「カイトも食事中《しょくじちゅう》にケンカをしかけるな。父《とう》さんにしかられるぞ」

レン先輩《せんぱい》が『父《とう》さん』と口《くち》にすると、コウ先輩《せんぱい》もしぶしぶといった表情《ひょうじょう》で席《せき》についた。

一触即発《いっしょくそくはつ》みたいなバチバチした雰囲気《ふんいき》に、なんだかきんちょうしちゃう。

（霧島三兄弟《きりしまきょうだい》だけでもすぐケンカになっちゃうのに……。カイトくんまで入《はい》ったら、いつめちゃくちゃなケンカになるのかわからない……！）

それからカイトくんが静《しず》かになったから、ここにいたいのかなって思《おも》った。本当《ほんとう》にいやなら出《で》ていくこともできるけど、この場《ば》にとどまってくれている。霧島家《きりしまけ》でみんなと過《す》ごす時間《じかん》は楽《たの》しいから、カイトくんがわたしと同《おな》じように感《かん》じてくれたらうれしいんだけれど。

「おもちってすごくのびる！　おもしろーい」

ユノちゃんがお雑煮《ぞうに》に入《はい》ってるおもちをはしで持《も》ちあげながら言《い》った。

ヴァンパイアのみんなは、おもちも初《はじ》めて食《た》べたみたい！

（おもちはおしるこに入《い》れてもおいしいんだよね。またみんなで食《た》べたいなあ）

これからもたくさんいろんなことを経験《けいけん》したい。そう思《おも》うとワクワクしてきた。

「やっぱりみんなで過《す》ごすお正月《しょうがつ》って、特別《とくべつ》に楽《たの》しいね」

わたしが言《い》うと、霧島《きりしま》くんはスッと真面目《まじめ》な表情《ひょうじょう》になってわたしに言《い》った。

「とりあえずおれは日向《ひなた》を魔界《まかい》に連《つ》れていかれないようにがんばる。それが日向《ひなた》ののぞむいっしょにいられるってことにつながるんだろ？」

「え？　う、うん」

わたしの心臓《しんぞう》がドキンとはねた。

（まるで霧島《きりしま》くんが、ずっといっしょにいたいっていうわたしの願《ねが》いをかなえてくれるみたいに聞《き》こえちゃった……）

「ありがとう、霧島《きりしま》くん。みんな、今年《ことし》もよろしくね」

わたしの大切《たいせつ》なみんなと、どうかこれからもいっしょに過《す》ごせますように。

ラフ画《が》特別公開《とくべつこうかい》★

あとがき

こんにちは、麻井深雪《あさいみゆき》です。

『霧島《きりしま》くんは普通《ふつう》じゃない』第《だい》十二弾《だん》を手《て》に取《と》ってくれてありがとう！

霧島《きりしま》くんシリーズも五年目《ねんめ》に突入《とつにゅう》しました。

最初《さいしょ》からずっと応援《おうえん》してくれている読者《どくしゃ》さん、途中《とちゅう》から仲間入《なかまい》りしてくれた人《ひと》、そして今作《こんさく》で初《はじ》めて出会《であ》ってくれた人《ひと》、みんな本当《ほんとう》にありがとう！

小学生《しょうがくせい》だった読者《どくしゃ》さんが中学生《ちゅうがくせい》、高校生《こうこうせい》へと成長《せいちょう》していくのを聞《き》くたび、時間《じかん》の流《なが》れに感慨深《かんがいぶか》い気持《きも》ちになります。


さて、今回《こんかい》のメインはなんとカイトです！

普段《ふだん》はクールでミステリアスな彼《かれ》が、どんな思《おも》いを抱《かか》えているのかを深《ふか》く描《えが》けたのが、私自身《わたしじしん》もとても楽《たの》しかったです。みんなはどう感《かん》じてくれたかな？

そして今回《こんかい》の巻《かん》から、ミユキルリア先生《せんせい》にイラストを担当《たんとう》していただくことになりました。

これまで素晴《すば》らしいキャラクターデザインを手《て》がけてくださった那流先生《なるせんせい》には、心《こころ》から感謝《かんしゃ》しています。

ミユキルリア先生《せんせい》は、その魅力《みりょく》を最大限《さいだいげん》に活《い》かして、キャラクターたちに新《あたら》しい息吹《いぶき》を吹《ふ》き込《こ》んでくださいました。繊細《せんさい》な表情《ひょうじょう》や、ドキッとするようなシーンを鮮《あざ》やかに描《えが》いてくださっていて、私《わたし》も思《おも》わずときめいちゃいました！

これからもミユキルリア先生《せんせい》のイラストと一緒《いっしょ》に、この物語《ものがたり》をもっと素敵《すてき》に盛《も》りあげていきたいと思《おも》っています。

気《き》になる恋《こい》の行方《ゆくえ》やキャラクターたちの秘密《ひみつ》も少《すこ》しずつ明《あき》らかにしていきますので、応援《おうえん》してくれるとうれしいです！

次巻《じかん》もどうか楽《たの》しみにしていてね。

それでは次《つぎ》のお話《はなし》で会《あ》いましょう。またね。

※麻井深雪先生《あさいみゆきせんせい》へのお手紙《てがみ》はこちらにおくってください。
〒101－8050　東京都千代田区一ツ橋《とうきょうとちよだくひとつばし》２―５―10　集英社《しゅうえいしゃ》みらい文庫編集部《ぶんこへんしゅうぶ》　麻井深雪先生係《あさいみゆきせんせいがかり》

あとがき。

初めまして、ミユキルリアと申します。
今回から前任の那流先生に代わり
『霧島くん』シリーズの挿絵担当させていただく
ことになりました。
まだまだ不慣れですが、今までの可愛くて素晴らしいキャラや色の世界観を全力で引継ぎながら描いていけたらと思います。
よろしくお願いいたします！

ミユキルリア
アモルがかわいいすぎるッ!
(イタチ系が元々好き)

集英社みらい文庫

霧島《きりしま》くんは普通《ふつう》じゃない
～ヴァンパイア王子《おうじ》に狙《ねら》われて!? 恐怖《きょうふ》のニューイヤー！～

麻井深雪《あさいみゆき》 作
ミユキルリア 絵

ファンレターのあて先
〒101-8050 東京都千代田区一ツ橋2-5-10 集英社みらい文庫編集部
いただいたお便りは編集部から先生におわたしいたします。

2025年4月23日 第1刷発行

発行者	今井孝昭
発行所	株式会社 集英社 〒101-8050 東京都千代田区一ツ橋2-5-10 電話 編集部 03-3230-6246 読者係 03-3230-6080 販売部 03-3230-6393（書店専用） https://miraibunko.jp
装丁	+++ 野田由美子 中島由佳理
印刷	株式会社DNP出版プロダクツ TOPPANクロレ株式会社
製本	株式会社DNP出版プロダクツ

★この作品はフィクションです。実在の人物・団体・事件などにはいっさい関係ありません。
ISBN978-4-08-322003-6 C8293 N.D.C.913 202P 18cm

ドッキドキの
普通《ふつう》じゃない毎日《まいにち》が
始《はじ》まったんだ!
新感覚《しんかんかく》
ヴァンパイア・
ラブストーリー
麻井深雪《あさいみゆき》 作《さく》
ミユキルリア 絵《え》
霧島《きりしま》くんは
普通《ふつう》じゃない
シリーズ

霧島3兄弟…！
すご…っ
芸能人みたい！
2025年《ねん》夏《なつ》ごろ、
れんさいスタート！
（作画《さくが》・森乃《もりの》なっぱ先生《せんせい》）
ビビッ
目が
合った!?
制作《せいさく》途中《とちゅう》の
ネームを
特別《とくべつ》公開《こうかい》!!

速報《そくほう》!!「霧島《きりしま》くんは普通《ふつう》じゃない」
りぼん本誌《ほんし》にて
まんが化《か》決定《けってい》!!
3年生の霧島昂先輩
2年生の霧島蓮先輩
1年生の霧島星くん
っていうんだってさ!
メモ
くわしい情報《じょうほう》は、
りぼん本誌《ほんし》をチェックしてね!!

「みらい文庫《ぶんこ》」読者《どくしゃ》のみなさんへ

言葉《ことば》を学《まな》ぶ、感性《かんせい》を磨《みが》く、創造力《そうぞうりょく》を育《はぐ》む……、読書《どくしょ》は「人間力《にんげんりょく》」を高《たか》めるために欠《か》かせません。
たった一枚《いちまい》のページをめくる向《む》こう側《がわ》に、未知《みち》の世界《せかい》、ドキドキのみらいが無限《むげん》に広《ひろ》がっている。
これこそが「本《ほん》」だけが持《も》っているパワーです。

学校《がっこう》の朝《あさ》の読書《どくしょ》に、休《やす》み時間《じかん》に、放課後《ほうかご》に……。いつでも、どこでも、すぐに続《つづ》きを読《よ》みたくなるような、魅力《みりょく》に溢《あふ》れる本《ほん》をたくさん揃《そろ》えていきたい。読書《どくしょ》がくれる、心《こころ》がきらきらしたり胸《むね》がきゅんとする瞬間《しゅんかん》を体験《たいけん》してほしい、楽《たの》しんでほしい。みらいの日本《にほん》、そして世界《せかい》を担《にな》うみなさんが、やがて大人《おとな》になった時《とき》、「読書《どくしょ》の魅力《みりょく》を初《はじ》めて知《し》った本《ほん》」「自分《じぶん》のおこづかいで初《はじ》めて買《か》った一冊《いっさつ》」と思《おも》い出《だ》してくれるような作品《さくひん》を一所懸命《いっしょけんめい》、大切《たいせつ》に創《つく》っていきたい。

そんないっぱいの想《おも》いを込《こ》めながら、作家《さっか》の先生方《せんせいがた》と一緒《いっしょ》に、私《わたし》たちは素敵《すてき》な本作《ほんづく》りを続《つづ》けていきます。「みらい文庫《ぶんこ》」は、無限《むげん》の宇宙《うちゅう》に浮《う》かぶ星《ほし》のように、夢《ゆめ》をたたえ輝《かがや》きながら、次々《つぎつぎ》と新《あたら》しく生《う》まれ続《つづ》けます。

本《ほん》を持《も》つ、その手《て》の中《なか》に、ドキドキするみらい――。
本《ほん》の宇宙《うちゅう》から、自分《じぶん》だけの健《すこ》やかな空想力《くうそうりょく》を育《そだ》て、〝みらいの星《ほし》〟をたくさん見《み》つけてください。
そして、大切《たいせつ》なこと、大切《たいせつ》な人《ひと》をきちんと守《まも》る、強《つよ》くて、やさしい大人《おとな》になってくれることを心《こころ》から願《ねが》っています。

2011年《ねん》　春《はる》

集英社《しゅうえいしゃ》みらい文庫編集部《ぶんこへんしゅうぶ》